Tucholsky Wagner Zola Scott Sydow Freud Schlegel
Turgenev Wallace Fonatne Twain Walther von der Vogelweide Fouqué Friedrich II. von Preußen
Weber Freiligrath Frey
Fechner Fichte Weiße Rose von Fallersleben Kant Ernst Frommel
Richthofen Hölderlin
Fehrs Engels Fielding Eichendorff Tacitus Dumas
Faber Flaubert Eliasberg Ebner Eschenbach
Feuerbach Maximilian I. von Habsburg Fock Zweig Eliot Vergil
Ewald Goethe Elisabeth von Österreich London
Mendelssohn Balzac Shakespeare Dostojewski Ganghofer
Trackl Lichtenberg Rathenau Doyle Gjellerup
Stevenson Hambruch Droste-Hülshoff
Mommsen Tolstoi Lenz Hanrieder
Thoma von Arnim Hägele Hauff Humboldt
Dach Verne Rousseau Hagen Hauptmann Gautier
Karrillon Reuter Garschin Defoe Hebbel Baudelaire
Damaschke Descartes Hegel Kussmaul Herder
Wolfram von Eschenbach Dickens Schopenhauer Rilke George
Bronner Darwin Melville Grimm Jerome Bebel Proust
Campe Horváth Aristoteles Voltaire Federer Herodot
Bismarck Vigny Barlach Heine
Gengenbach Storm Casanova Tersteegen Gilm Grillparzer Georgy
Chamberlain Lessing Langbein Gryphius
Brentano Lafontaine
Strachwitz Claudius Schiller Kralik Iffland Sokrates
Bellamy Schilling
Katharina II. von Rußland Gerstäcker Raabe Gibbon Tschechow
Löns Hesse Hoffmann Gogol Wilde Gleim Vulpius
Luther Heym Hofmannsthal Morgenstern
Klee Hölty Goedicke
Roth Heyse Klopstock Kleist
Luxemburg Puschkin Homer Mörike Musil
La Roche Horaz
Machiavelli Kierkegaard Kraft Kraus
Navarra Aurel Musset Moltke
Nestroy Marie de France Lamprecht Kind Kirchhoff Hugo
Laotse Ipsen Liebknecht
Nietzsche Nansen Ringelnatz
Marx Lassalle Gorki Klett Leibniz
von Ossietzky May vom Stein Lawrence Irving
Petalozzi Knigge
Platon Pückler Michelangelo Kafka
Sachs Poe Kock
Liebermann Korolenko
de Sade Praetorius Mistral Zetkin

Der Verlag tredition aus Hamburg veröffentlicht in der Reihe **TREDITION CLASSICS** Werke aus mehr als zwei Jahrtausenden. Diese waren zu einem Großteil vergriffen oder nur noch antiquarisch erhältlich.

Symbolfigur für **TREDITION CLASSICS** ist Johannes Gutenberg (1400 — 1468), der Erfinder des Buchdrucks mit Metalllettern und der Druckerpresse.

Mit der Buchreihe **TREDITION CLASSICS** verfolgt tredition das Ziel, tausende Klassiker der Weltliteratur verschiedener Sprachen wieder als gedruckte Bücher aufzulegen – und das weltweit!

Die Buchreihe dient zur Bewahrung der Literatur und Förderung der Kultur. Sie trägt so dazu bei, dass viele tausend Werke nicht in Vergessenheit geraten.

Der fünfzehnte November

Ludwig Tieck

Impressum

Autor: Ludwig Tieck
Umschlagkonzept: toepferschumann, Berlin

Verlag: tredition GmbH, Hamburg
ISBN: 978-3-8424-1243-9
Printed in Germany

Einleitung des Herausgebers.

Die Novelle »Der fünfzehnte November« erschien zuerst 1827 in der »Dresdener Morgenzeitung« (herausgegeben von Kind u. Kraukling)[1] und wurde 1828 in Buchform veröffentlicht.[2] Geschrieben ist sie zu Anfang des Jahres 1827; »im Winter« (Januar oder Februar) las Tieck sie seinem Freunde Karl Förster aus dem Manuskript vor.[3] Die Veranlassung zu dieser Dichtung gab nach Köpkes Mitteilung[4] ein Kupferstich in einem holländischen Buche, der eine Überschwemmung darstellte. Ob dies die einzige Quelle war, aus der Tieck den Stoff schöpfte, muß dahingestellt bleiben, »Nach der mir bekannten Gewohnheit und Sinnesweise Tiecks«, sagt Hermann von Friesen,[5] »bin ich überzeugt, daß die Novelle nicht ein völlig selbständiges Produkt seiner Phantasie ist. Auch darf ich ... versichern, daß Kenner der geheimnisvollen und oft wunderbaren Seelenzustände von Gemüts- und Geisteskranken an dem Ahnungsvermögen des thörichten Fritz-Wilhelm, an seiner riesenhaften Körperkraft und seiner plötzlichen, überraschenden Heilung nicht den mindesten Anstoß nahmen. Daß aber der Zweifel hier ebensowenig am Platze sein würde, als das Grübeln über den möglichen Zusammenhang, darüber gibt uns der Dichter im Verlauf der Erzählung Winke von genügendem Gewicht. Man mußte es auch nur in wiederholten Gesprächen mit Tieck erfahren haben, wie sehr er es liebte, die stillwirkende und geheimnisvolle Macht der göttlichen Schöpfer- und Vaterhand in der Natur sowohl als in dem menschlichen Gemüt mit Hingebung zu betrachten, um ihm in der Neigung zu solchen Schilderungen zu folgen. Wenn der blödsinnige Fritz-Wilhelm in dem Instinkt der Tiere ebenso wie in anderen Äußerlichkeiten, die wir in der Gewohnheit, sie immer vor uns zu sehen, kaum noch beachten, Gott sieht und erkennt, so ist die un-

---

[1] Nr. 37 49, d. i. vom 5.-26. März,

[2] Im 7. Bande der siebenbändigen Ausgabe der »Novellen« (Berlin, Reimer), hinter der Novelle »Glück gibt Verstand«; spätere Auflagen, vom Dichter selbst besorgt, 1845 (»Schriften«, Bd. 19) und 1853 (»Novellen«,Bd. 3).

[3] Förster, »Biographische und litterarische Skizzen«, S. 331.

[4] »Ludwig Tieck«, Bd. 2. S. 154.

[5] »Erinnerungen eines alten Freundes«, Bd. 2, S. 327.

mittelbare, geheimnisvolle Wirkung des Ewigen ebenso klar und unzweifelhaft in den Erlebnissen eines alten Hausfreundes, des Schiffskapitän Thomas, in seiner treuen Freundschaft zu den Eltern des Kranken und in seiner Neigung zu der Tochter einer Jugendgeliebten. Oder dürften wir sie weniger sehen in der stillen Liebe des jungen Mädchens zu dem Unglücklichen, dessen Heilung kaum wahrscheinlich scheint, und endlich in der Gewalt, welche die sanfte Elsbeth über das verdunkelte Gemüt des armen Fritz-Wilhelm ausübt?«

Allerdings hat Tieck durch den Titel Anlaß gegeben, an die berüchtigten Unglückstage der Schicksalsdramatiker Werner und Müllner zu denken und irgend einen fatalistischen Sinn oder Unsinn zu argwöhnen, der in Wirklichkeit jedoch gar nicht vorhanden ist; aber wenn auch die Hervorhebung des Datums kein glücklicher Griff des Dichters ist, wenn auch die Lösung des Knotens durch ein Ereignis geschieht, das nahe an das Gebiet des Wunders streift, so könnte doch nur eine engherzige Kritik eine Verwertung des Seltsamen schelten, wenn sie so wenig dem dichterisch Schönen widerstreitet wie hier. Nicht eine fatalistische Spukgeschichte bietet der Dichter, sondern eine einfache und doch reizvolle, rührende Erzählung, tiefsinnig und von religiöser Wärme, mit prächtigem Humor vorgetragen, reich an trefflich gezeichneten Charakteren und eigenartigen Stimmungsbildern. Unter jenen steht scheinbar fremdartig der deutsche Windbeutel Sommer da, der indes einen sein berechneten Gegensatz zu dem rauhen, aber tief empfindenden, wahrheitsliebenden Seemann bildet, und in dem Tieck seiner Vorliebe, die Verlogenheit zu geißeln, genugthut. Im ganzen wird man sich ohne Bedenken den Kritikern Hoffmann, Minor, Hermann Kurz u. a. anschließen, welche die vorliegende Novelle zu den vortrefflichsten Schöpfungen unsers Dichters rechnen. Der Lokalton und die Zeitfärbung   die in Holland spielende Begebenheit wird in die zweite Hälfte der siebziger Jahre des vorigen Jahrhunderts verlegt sind so schön getroffen, wie es Tieck nicht häufig gelingt.

Der fünfzehnte November

Einige Meilen von Amsterdam lebte auf seinem Gute und in einem behaglichen Hause der reiche Herr van der Winden. Garten und Haus war heut' besonders festlich ausgeschmückt, weil er seinen Jugendfreund Thomas erwartete, der von Ostindien zurückgekommen war, und den er seit mehr als zwölf Jahren nicht gesehn hatte. Er saß mit seiner Frau Susanne im hellen Zimmer, indem die großen Glasthüren nach dem reinlichen und zierlich geordneten Garten offen standen, wo der Tulpenflor glänzte und Hyazinthen auf andern Beeten leuchteten, indes eine Nachtigall ihre vollen Töne abwechselnd anschlug und ein milder Frühlingswind die Blumendüfte nach dem Saale hineinwehte.

Die Frau Susanne schaute behaglich in das Grün und nach der Ferne, wo kaum kenntlich auf dem Kanal Schiffe von Zeit zu Zeit vorüberfuhren. Neben ihr saß die Nichte, mit einer weiblichen Arbeit beschäftigt, dem Anscheine nach nicht so ruhig wie ihre beiden Pflegeeltern, »Du hättest dich doch etwas mehr schmücken sollen, liebe Elsbeth«, fing die Tante an; »du weißt, wie sehr der reiche Thomas das Geschmeide liebt, und an deinem Halse, in deinem Ohr würde es ihm vorzüglich gefallen, die schönen Perlen von deiner seligen Mutter wiederzufinden.«

»Glänzt das Mädchen denn nicht«, sagte der Alte schmunzelnd, »wie eine volle weiße Hyazinthe? Was bedarf sie der Perlen? Sie ist auch ohne Gold und Edelstein so voll, groß und strahlend wie eine Königin.«

Elsbeth wurde mit einer Purpurröte plötzlich übergossen und bückte sich nieder, bis die Beschämung sie wieder verlassen hatte und sie wagen konnte, das Auge zu erheben. »Ihr verzieht mich immerdar«, sagte sie dann; »sind wir Mädchen nicht schon von selbst eitel genug? Und der Vater spricht immer mit mir wie ein Liebhaber; das solltet Ihr, Mutter Susanne, gar nicht leiden.«

»Laß nur den Schiffskapitän, den Thomas, kommen«, erwiderte die Mutter, »der wird dir in seiner rauhen Seemanier noch ganz andre Sachen vorschwatzen. Nun, hast du dir denn seinen letzten Brief überlegt?«

Elsbeth wurde noch verlegener, nur schien ihre Miene fast noch mehr Verdruß anzudeuten. »Ja! ja!« rief der Vater vergnügt und rieb die Hände; »Bräutchen! Bräutchen! da wirst du denn doch den Schmuck tragen müssen, den er dir mitbringt.«

Das große, blühende Mädchen stand in seiner ganzen Schönheit auf und stellte sich vor den lachenden Vater. Sie nahm dessen Hand, verneigte sich und küßte sie, worauf sie mit einem schmerzlichen Tone, indem eine kleine Thräne ihr blaues Auge verschattete, sagte: »Sie sollen mich noch nicht so früh los werden, lieber Vater; mag Herr Thomas am Lande bleiben oder wieder in See gehn, aus diesem teuren Hause, von Ihrer Seite soll man mich nicht so leicht entfernen.«

Der alte Kaufmann wurde irr, weil er das Mädchen fast noch niemals, die immer fröhlich war, so ernst gesehn hatte. Er schüttelte den Kopf, drückte ihre Hand und sagte nach einer Pause: »So wird also nichts in der Welt nach meinem Wunsche gehn; er könnte ja das Haus hier kaufen, oder wir wohnten hier und in der Stadt beisammen, mein liebster Freund auf Erden hätte mein liebstes Elschen, und ich könnte ruhig sterben! Ah!« fuhr er verdrüßlich fort, »das ruhige Sterben wird mir überhaupt nicht so leicht ankommen, es war einmal beschlossen, daß ich kein glücklicher Mann sein sollte.«

Die Mutter fing jetzt auch an zu weinen, und das Mädchen suchte sie mit ernsten und freundlichen Worten zu trösten. Aus dem Garten sang jetzt die Nachtigall lauter und näher, und in die melodischen Töne kreischte eine pfeifende Säge hinein, die hartes und widerspenstiges Holz zu teilen schien, worauf dann Hiebe eines Beiles noch lauter schallten. Der Vater sah die Mutter bedeutend an, doch Elsbeth stand auf und ging einem großen Manne mit leichtem Schritt entgegen, der jetzt den Baumgang herunterkam. »Da ist ja das braune, liebe, närrische Gesicht!« rief der Vater plötzlich wieder erheitert, fuhr vom Sessel auf, rannte dem Mädchen eilig vorüber und sprang dem Fremden fast an die Brust, den er mit lautem, stammelnden Jubel begrüßte. »Da wäre ich wieder«, sagte dieser, indem er mit starker, gebräunter Hand den Alten etwas von sich zurückschob, still stand und ihn von oben bis unten betrachtete; »du bist älter geworden, Jahn, und dicker«, fing er dann mit ruhiger

Stimme an; »aber doch noch immer ein Springinsfeld; hat mir der alte Windbeutel nicht beim an den Hals Springen die Binde losgerissen und die Perücke verschoben?« fuhr er wie verdrüßlich fort, indem er beide Stücke wieder phlegmatisch in ihre gehörige Ordnung richtete.

Die Mutter war indessen ebenfalls hinzugetreten, und nachdem die Begrüßung geschehen war, gingen die vier Menschen, wie es wohl bei der Spannung, die ein lange nicht gesehener und geliebter Freund bei seiner Ankunft verursacht, zu geschehen pflegt, schweigend und verlegen in den Gartensaal zurück, setzten sich nieder und betrachteten sich von neuem. Elsbeth verließ die Gesellschaft, um ein Frühstück zu besorgen, welches sie dann selbst, von einer reinlichen Magd begleitet, auf Tellern von japanischem Porzellan auf dem Tische anordnete. Bei den Freunden hatte sich indessen die Sprache wieder eingefunden, und der Seemann, der sich selbst ein Glas alten Rheinwein einschenkte, sagte: »Else, du bist sehr hübsch geworden, voller und schöner, wie die Sirene am Vorderteil meines Schiffs. Trink hier von diesem Wein, dann setz' ich meinen Mund an dieselbe Stelle, und der Trunk wird mir gut sein und den besten Willkommen bedeuten.«

Elsbeth that, was er verlangte; er nahm das Glas mit einer Art von Andacht, trank und setzte es dann herzhaft auf den Tisch »Nun, Alter«, rief der Kaufmann ihm zu, »siehst du denn nicht Blindauge, daß es derselbe Kristallpokal ist, den Dir Elschen vor zwölf Jahren auf deinem Geburtstag schenkte, und worein sie deinen Namen und dein Wappen hatte stechen lassen? Als du in See stießest, trankest du auch hier auf der nämlichen Stelle, aus dem nämlichen Glase uns dein letztes Lebewohl zu.«

Der Seemann nahm den Becher, betrachtete ihn von allen Seiten und sagte nach einer Pause: »Hm! ja derselbe; hatt' ich ihn doch ganz vergessen und hätte ihn auch nicht wiedererkannt, ob er sich gleich nicht verändert hat; und die Else, die so groß, breit und dick gewachsen und aus einem rötlichen Apfelblütchen jetzt ein voller Apfel geworden ist, ist mir doch gleich so bekannt und vertraut. Aber mir ist wie einer alten Henne zu Mute; als wenn ich das Rosenkindchen die ganzen zwölf langen Jahre in meinem warmen Herzen so schön ausgebrütet hätte. Seht sie an! Sieht sie nicht aus, wie die weißschimmernde Rosenblume, die die Engländer *Maiden-blush*[6] nennen? Hol' mich der Teufel! wenn ich den Schatz erobere, so bin ich reicher, als der Mogul. Nicht, Bräutchen? Schätzchen?« rief er entzückt, indem er das zagende Mädchen heftig umarmte.

»Ja, ja«, schmunzelte van der Winden, »sie wird sich dir doch noch, hoff' ich, auf Gnad' und Ungnade ergeben, und das kann ich dir sagen, daß ich in den sechszehn Jahren, seit sie in meinem Hause ist, ihr großes Vermögen um das Dritteil vermehrt habe.«

»Jude!« fuhr ihn Thomas an, indem er das Mädchen losließ; »alter Wucherer! Ich wollte, sie hätte keinen Stüber,[7] das runde, weiße Kind, damit ich ihr mit meinem Golde und Schiffen und Gewürzen und kostbaren Sachen eine Freude machen könnte. Wie ich am Kap ersaufen sollte, war das mein einziger Gedanke, und wie ich geret-tet war, ärgerte ich mich nur ihretwegen, daß wir so viele Kisten hatten ins Meer schmeißen müssen. Wenn das Seevieh da unten sich in all die kostbaren Stoffe gekleidet hat, so haben sie bei einer Walfischvermählung eine herrliche Hofgala sehn lassen. Aber, alter dummer Junge, wo ist denn dein Sohn, der schlanke Bengel, der Fritz-Wilhelm, der mir, wenn er mir auf den Schoß sprang, immer die vielen Ohrfeigen gab?«

Der Alte fuhr mit einem grimmigen Blicke auf, stampfte erst mit dem rechten und hernach mit dem linken Beine so gewaltig, daß das Porzellan durcheinander klirrte, und rannte dann mit den Zäh-nen knirschend in den sonnenhellen Garten, ohne nur den Hut mit-zunehmen, der an der Wand hing. Thomas sah ihm verwundert nach, schüttelte mit dem Kopf und betrachtete die Mutter mit Er-staunen. »Ist der Alte mir böse«, fragte er dann mit besorgtem Ton, »daß ich ihn Wuchrer, Jude und dummer Junge geheißen habe? Er ist ja doch alles Dreies; was fängt er gleich von Geld an, wenn ich noch nicht einmal einen Bissen Brot in Eurem Hause hinterge-schluckt habe? Und ist er nicht dumm und wie ein Junge, daß er mit seinen Bärentatzen da über die Spargelbeete tummelt und beinahe das Treibhaus umgerannt hätte? Frau Gevatterin, Ihr müßt die alte Seele wieder gut machen, ich mein' es, Gott weiß, nicht böse; denn

---

[6] »Mädchen-Schamröte«, in Deutschland Jungfernrose genannt

[7] Niederländisch Stuiver, früher eine kleine Silbermünze im Wert von 8 ½ Pfen-nig.

wenn ich ihn nicht liebhabe, so will ich gleich auf der Stelle zum Seehund werden, und mehr kann ich für ihn nicht thun.«

»Setzen Sie sich«, sagte die Frau begütigend, »es ist nicht das, Herr Gevatter, was Sie denken; er ist und bleibt Ihr Freund, nur hat er schweren Gram und großes Leid.«

»Gram?« sagte der Seemann; »muß er den wie ein Rhinozeros auslassen? Und gerade an mir? Und gerade, wenn ich eben angekommen bin? Er hat ja außerdem Zeit genug, sich zu grämen, und sollte es auch manierlicher lernen. Der Mensch war sonst so ruhig und faul und schalt mich immer aus über meine Heftigkeit. Grämt man sich denn mit den Beinen? Wenn ich fluche und Donnerwetter brülle, dann stampf' ich so herum wie er eben. Und hat doch auch schon Podagra gehabt. Und schlägt das alles in den Wind. Aber Sie weinen ja selbst, alter Schatz? Und die Elsbeth hat sich auch aus dem Staube gemacht? Sagen Sie mir nur, was es gibt, sonst fang' ich auch an mit den Beinen zu rumoren.«

»Es ist um unsern Sohn«, sagte die Mutter, als der Seemann endlich schwieg; »und das ist der Punkt, wo der Alte jedesmal außer sich gerät.«

»Ist der ein Taugenichts geworden?« fuhr Thomas heraus; »sehn Sie, Sie hätten ihn mir nach Ostindien mitgeben sollen, wie ich immer sagte.«

»Es ist nicht das«, antwortete die Frau mit tief bekümmerter Miene, »viel schlimmer noch; vielleicht würden wir in jenem Falle doch noch Gott danken, wenn wir die Wahl haben könnten.«

»Ach Gott! ach Gott!« schrie der Seemann ganz außer sich und tanzte in der Stube herum, um seine Thränen zu verbergen, »so ist das schlanke Fritzken mit den braunen Augen tot? tot? Ja! ja, wir alten Taugenichtse bleiben übrig, und die Engel marschieren uns voran, um uns da oben Quartier zu machen. Ach! Alte! Alte! was bist du eine arme Mutter! Darum stehn dir unter den Augen die Thränenmuskeln so hervor, so traurig und wehmütig, vom vielen Heulen. Ja, ja, wenn ich schon um den allerliebsten Bengel so heulen muß, so muß ja der Leichnam einer alten Mutter ganz zu Thränenwasser werden.«

»Er ist nicht gestorben«, sagte Susanne, noch heftiger weinend.

»Kuriose Leute ihr!« rief Thomas, wie im freudigen Grimm; »seid's denn ganz auf den Kopf gefallen, daß ihr so einen Narren aus mir macht? Was hat's dann für Not?«

»Er ist vielleicht schlimmer als gestorben«, sagte Susanne, »und das ist wohl das Schrecklichste, was eine Mutter von ihrem geliebtesten, einzigen Sohne aussagen kann.«

»In den Narrenturm sollte man Euch, alte Thränenkanne, stellen!« schrie der Seemann wieder; »und den alten Jahn dazu! Ihr habt's Sprechen und Denken und die Vernunft verlernt. Schlimmer als tot? So muß er also noch obendrein am Galgen hängen, sonst ist kein Menschenverstand in Eurer Rede.«

In den Thränen mußte die Mutter über die komische Ungeduld des Seekapitäns lächeln. »Sie lassen mich nicht ausreden«, fuhr sie dann gelassener fort, »Wilhelm ist weder tot, noch ein Bösewicht und ein Taugenichts, davor hat ihn der Herr behütet, so schwer er uns auch heimgesucht hat. Ich muß Ihnen kürzlich das Unglück erzählen, damit Sie alles wissen, bevor mein Mann wiederkommt, denn er kann es nicht ertragen, wenn in seiner Gegenwart darüber gesprochen wird; deshalb hat er Ihnen auch in den zwölf Jahren nichts davon geschrieben, und ich und kein andrer hat etwas davon melden dürfen. Wir haben uns auch darum von der Welt fast ganz zurückgezogen und wohnen selbst im Winter meist auf diesem Landgute, weil der Alte wirklich darüber gewissermaßen zum Menschenfeinde geworden ist.«

»Sie wissen, unser Fritz-Wilhelm war ein zarter, schlanker Knabe, fein gebaut, heiter und thätig, aber über sein Alter hinaus verständig und begabt. Bücher machten seine ganze Freude aus, die Schule konnte er nicht früh genug besuchen; nachher hatten wir einen verständigen Mann zum Hofmeister, der immer schneller ermüdete als unser lieber Junge. Geschichte, Latein, Griechisch, neuere Sprachen, auch Mathematik und Geometrie hatte er schon angefangen, als Sie uns das letzte Mal besuchten.«

»Ich weiß, weiß«, warf der Kapitän ein, »die Krabbe fragte mich über Kompaß und Schiffsbau so naseweis aus und wußte manches schon so gut wie ich selber, und vom Admiral Tromp und Ruyter[8] mehr als ich.«

»Nur gegen den Handel«, fuhr die Mutter fort, »bezeigte er immer den größten Widerwillen, ja, Abscheu, was auch meinen Alten so verdroß, daß sie oft hart aneinander gerieten. Da aber alle Welt den Jungen so lobte, alle Lehrer über ihn erstaunten und selbst gelehrte Männer in Amsterdam und fremde Professoren aus Leiden, die zu uns kamen, prophezeiten, daß unser Kind dermaleinst einer der größten Gelehrten in Europa werden müsse, so nahm sich denn mein Mann dergleichen thörichte Reden zu Herzen und wurde eitel auf seinen Sohn. Das Kind war schon von einem außerordentlichen Ehrgeiz beseelt, und unser Jahn stachelte seine Ambition noch immer mehr, und doch war es überflüssig, einem hitzigen Roß die Sporen zu geben, denn das Kind saß schon in die Nächte hinein und arbeitete. Ballschlagen und andre Kinderspiele oder das Umtreiben mit seinen Jugendgenossen war ihm ein Greuel; er nannte alles dergleichen, wenn sie sich jagten, mit Tüchern und Gerten schlugen, sprangen und sich haschten, dumm, gemein und pöbelhaft. Sonst war er gesund und wohl, auch immer heiter und konnte über ein neues schönes Buch in heftige Freude geraten. So kam er zu seinem zehnten Geburtstag. Wir hatten in der Stadt eine kleine, frohe Gesellschaft. Er war beschenkt worden, er war sehr vergnügt gewesen, hatte sich seit einigen Tagen weniger angestrengt, weil er mit uns eine Reise über Land gemacht hatte; am Geburtstage selbst hatte er nicht viel genossen, am wenigsten aber Wein oder hitzige Sachen, so daß es gewiß keiner Vernachlässigung von uns zuzuschreiben ist «

»Nun?« fragte Thomas, äußerst gespannt.

»Gegen Mitternacht«, fuhr die Mutter fort, wiederum von Thränen unterbrochen, »hören wir vom Zimmer unsers Sohnes her einen seltsamen Aufschrei einen Schrei wie soll ich ihn beschreiben? Wir hatten von dem Kinde nie etwas Ähnliches vernommen, und doch erkannten wir sogleich seine Stimme wieder; es war fast wie von einem wilden Tier; es klang beinah' wie der heiser gellende Ton

---

8 Martin Harpertzoon Tromp (1597 1653), dessen Sohn Cornelis Tromp (1629 91) und Michel Aadriaanszoon de Ruyter (1607 76), berühmte holländische Seehelden.

einer Hyäne, den ich einige Jahr später mit Entsetzen hörte, weil er mich wieder an diese Nacht erinnerte. Eine Mutter ist noch angsthafter als ein Vater: ich war gleich drüben, der Hofmeister war auch schon aufgestanden, van der Winden kam nach. Das Kind war wach in seinem Bett, konnte aber kein Glied rühren, war sprachlos und sah uns mit starren Augen an. Nach Ärzten wurde geschickt, Medikamente gebraucht; sie erklärten es für einen Nervenschlag, und jede Hülfe war vergeblich. Nur die Bewegung kam wieder; schon am Morgen konnte er aufstehn, gehn, essen und trinken, aber das Gehirn war verletzt, der Schlag muß es innerlich getroffen haben, er sprach wenig oder nichts, konnte nichts begreifen, hatte alles vergessen, was ihm bis dahin beigebracht war, und schien uns, seine Eltern, erst nach einigen Tagen wiederzuerkennen. Er war also dumm, blödsinnig geworden und ist es seitdem geblieben. Da lag nun unsre Freude und der Hochmut des Alten; das war nun der größte Gelehrte in Europa, der jetzt wie ein unmündiges Tier herumgaffte, sich mit gar nichts beschäftigen konnte, zum unbedeutendsten Beruf, nicht zum Schreiber auf dem Comptoir, nicht zum Handlanger oder Ackerknecht zu gebrauchen war.«

Der Kapitän stieß einen so tiefen, anhaltenden und lauten Seufzer aus, daß man ihn fast ein Gebrüll hätte nennen können. »Und ist so geblieben, das arme Unkraut?« fragte er dann.

»So ziemlich«, antwortete die Mutter, »nur daß sich seitdem mit seiner Leibeskonstitution die allergrößte Veränderung zugetragen hat. Denn wie er vorher schlank und fein, fast zu geistig und zart, auch höchst reizbar und empfindlich war, so ist er jetzt außerordentlich robust, fest und von beinah' übermenschlichen Kräften, dabei macht fast nichts einen Eindruck auf ihn; sein Wuchs ist über das Gewöhnliche.«

»Und was treibt er denn, das arme Riesentier?« fragte der Seemann wieder.

»Es gibt für ihn«, erwiderte die Frau, »keine ernsthafte Beschäftigung, weder versteht er, noch liebt er sie. Es scheint ihm aber gutzuthun, ja ein wahres Bedürfnis zu sein, sich körperlich recht anzustrengen und mehr zu arbeiten, als wohl zwei vermöchten. Hören Sie wohl das Sägen, das Hauen mit dem Beil? Das ist er, der Arme. Der Vater hat ihm einen Teil des Gartens eingegeben, und so ist er seit fast zwei Jahren dabei, ein großes, sehr großes Boot zu bauen. An diesem macht er alles selber, das Kleinste wie das Größte, fällt das Holz, läßt es trocknen, schneidet und meißelt und ist oft Tag und Nacht unermüdet in dieser unnützen Anstrengung.«

»Leute!« erwiderte Thomas, wie in Angst, »seht, ich bin selbst keiner von den Lautersten, aber mir deucht, ihr wäret immer etwas zu verständig und rückhaltend: habt ihr denn auch wohl rechtschaffen gebetet? Im Sturm damals, wie ich noch keinen erlebt hatte, und als mir das Wasser schon in den Hals drang, habe ich es gut gelernt und getrieben, und es hat mir tüchtig zugeschlagen. Besucht denn auch das liebe, dumme Ungeheuer mit euch das Haus Gottes?«

»Lieber Gevatter«, erwiderte die Mutter etwas saumselig und nur den letzten Punkt beachtend, »der Unglückliche hat einen eignen Widerwillen gegen unsern Domine[9] und läßt sich nur selten bereden, uns zu begleiten.«

»Was Domine!« rief Thomas, »vor den rechten, wahren Domine soll er und sollt ihr alle treten und keine Flausen machen. Wer den Verstand genommen, kann ihn auch wiedergeben. Er hat dessen im Überfluß und braucht nicht zu knausern, er kann euch alle und mich mit reichlichst versorgen und wird keinen Abgang spüren. Wenn nichts hilft, gebt ihn mir mit und laßt ihn die Linie passieren. In Ostindien halten sie dergleichen Dummerjahns an vielen Orten für Heilige, die Weibsen und andere noch dümmere würden ihn da drüben als einen Herrgott anbeten. So wantschapen[10] sind die Menschen an manchen Orten.«

Das Gespräch wurde hier unterbrochen, denn der Vater kam aus dem Garten zurück, von einem großen, schwarzen Pudel begleitet. Unmittelbar darauf trat die hohe Gestalt eines Jünglings in den Saal, in dessen wunderbarem Gesicht, das ebensoviel Verstand als Blödsinn, Gefühl wie Stumpfheit andeutete, der Fremde unmittelbar seinen geliebten Fritz-Wilhelm erkannte und erriet. Der junge, schöne Mann trug eine große, weiße Katze im Arm, die ziemlich verstört aussah, indem ihre Haare aufgesträubt waren und ihre

---

[9] Vokativ von Dominus (Herr), in den Niederlanden früher die gewöhnliche Benennung der Geistlichen.
[10] Wanschapen (wahnschaffen), d. h mißgestalt, verrückt

grünen Augen unruhig hin und her gingen. Der Sohn setzte sich, streichelte das Tier, welches er sehr zu lieben schien, und suchte es zu beruhigen. Der Alte war vor Zorn noch rot im Gesicht und sagte nach einiger Zeit mit rauher Stimme: »Diese wenigen Nachtigallen, die uns alljährlich besuchen, sollen mir nicht von der verfluchten Katze aufgefressen und verscheucht werden! Und wenn ich den Pudel diesmal nur gehetzt habe, um das Vieh zu zausen, so werde ich den weißen Satan nächstens mit meiner Kugelbüchse mit eignen Händen totschießen.«

Der junge Mann hatte sich dem Vater gegenüber gesetzt und schaute ihn groß mit seinen hellbraunen Augen an. »Tot!« rief er mit einem Ton, der eher eine freundliche Stimmung als eine zornige verriet; »geh, Mus« indem er die Katze laufen ließ »Verfolgung alle Welt Undank «, sagte er nach Pausen im einförmigen Ton, so daß man nicht genau wissen konnte, was er mit diesen Worten ausdrücken wollte. Der Pudel hatte sich unterdessen unter dem Tisch zusammengekauert, doch Wilhelm kroch ihm nach und holte den Widerstrebenden hervor. Er ging mit dem schwarzen Widersacher an das Fenster, beschaute ihn genau und rupfte ihm alsdann einige weiße Haare von Maul und Kopf. Er nahm diese, die augenscheinlich seiner Katze zugehörten und vom Pudel nicht auf die freundlichste Weise waren errungen worden, wickelte sie in ein Papier und steckte sie in seine Westentasche. Hierauf ging er zum Vater und sagte sehr ernsthaft: »Schwarze mehr Fell hat, mehr Haar als Mus, eher etwas abgeben kann.«

»Frißt aber keine Nachtigallen«, sagte der Vater ebenso kurz.

»Nicht fressen«, ließ sich der Sohn auf Erörterungen ein, »auch Mus hören achtgeben unten am Baum Schwarze ganz dumm, hört nicht, ohne Musik.«

»Schon gut, schon gut«, brach der Vater ab, indem er jetzt zuerst, in der Voraussetzung, seine Frau würde indessen erzählt haben, die Augen gegen seinen Jugendfreund aufzuheben wagte. Dieser zog die Schultern in die Höhe und seufzte wieder so laut, daß Fritz-Wilhelm aufmerksam wurde, den Fremden im Zimmer bemerkte und ihn genau von der Seite mit einem scheuen Blicke musterte. Sein Auge fing an finster zu werden, er murmelte etwas in sich hinein und schlug dann mit der Faust heftig auf den Tisch. Elsbeth ging besorgt zu ihm, reichte ihm freundlich die Hand und sagte dann, indem sie ihm eine braune Locke aus der Stirne strich: »Nicht verdrüßlich, lieber Wilhelm!«

»Muß!« rief jener sehr ergrimmt, »Fremde da vor Fremden nicht zur Familie meine Mus gescholten, verleumdet.«

»Mus wird sich schon bei Gelegenheit verantworten«, sagte Elsbeth mit der heitersten Miene, »der schwarze Mustapha hat auch nicht den besten Ruf, lieber Freund, er hat vorige Woche eine Maus gefangen, als wenn er eine Katze wäre.«

Der Kranke sah dem Mädchen, wie es vor ihm stand, in sein heiteres Gesicht und fing jetzt, ganz in dem Ton, wie man ihn wohl von kleinen Kindern hört, auf das herzlichste zu lachen an, worüber der Vater noch ernster wurde und Thomas seinen ehemaligen Liebling mit noch größerer Teilnahme betrachtete.

»Der Herr da«, fuhr Elsbeth fort, »ist auch kein Fremder, es ist der Vetter, der Kapitän Thomas, der dich schon als Kind gekannt hat.«

Wilhelm stand auf, stellte sich vor den Kapitän hin, grüßte ihn höflich und schüttelte dann mit dem Kopfe, »Kein Vetter«, sagte er dann, »Mustapha knurrt auch kennt ihn nicht.«

»Lieber Freund«, sagte Thomas, »du bist mein liebster, mein teuerster Fritz-Wilhelm, wenn du mich auch nicht kennst und vergessen hast.«

Der Kranke trat wie scheu und erschreckt zurück und nahm die angebotene Hand nicht an. Worauf sich Thomas wieder niedersetzte und Wilhelm nachdenkend im Zimmer auf und nieder ging. Er trat an den Tisch und betrachtete alles, was Elsbeth dort aufgetragen hatte, und bei dieser Musterung fiel ihm auch das geschliffene Kristallglas ins Auge; er nahm es auf, hielt es gegen das Licht und betrachtete Wappen und Namenszug sehr genau. Dann ging er mit dem Glase zu Elsbeth und fagte: »Du geschenkt lange her der da ist! Thomas, Seemann!« Er stellte das Glas behutsam hin und ging mit offenen Armen auf den Kapitän zu, der ihn herzlich an seine Brust drückte. »Armer Vetter!« sagte hierauf Thomas, »du bist recht groß und stark geworden.«

»Jawohl«, seufzte der Vater, »wie eine dicke Pumpelmus,[11] in der kein Saft ist.«

Wilhelm schien die Rede nicht ganz zu verstehen, aber dennoch wurde sein Gesicht etwas verfinstert, worauf Thomas, der es bemerkte, um ihn wieder zu erheitern, fortfuhr: »Laß gut sein, alter Freund, mein junger Kamerad hier wird ein Seefahrer, wie ich gehört habe. Du baust ja ein Schiff, Fritzchen? Nicht? Nun, wir werden es wohl im Garten umfahren und Rollen darunter machen können? Oder den Winter abwarten und es im Schnee zum Schlitten brauchen? Denn See und Wasser ist doch von hier zu weit ab.«

»Schlitten? Rollen?« schrie Wilhelm aus. und sein Auge funkelte auf eine schreckliche Weise. »Kommen! gleich! sehn!« rief er, indes er mit seinen starken Armen den Seemann so kräftig packte, daß er ihn aus der Saalthüre fast mehr hinaustrug als schob. Der Schiffskapitän, der seine eigne Stärke und Schwere kannte und sich so plötzlich von dem Jünglinge fast wie ein Kind behandelt sah, betrachtete den jungen Menschen mit einem wundersamen Blicke, ohne sich zu widersetzen. Der Vater, so traurig und verdrüßlich er auch sein mochte, konnte ein gewisses wohlgefälliges Lächeln über die Riesenkraft seines Sohnes nicht unterdrücken, Elsbeth aber sah den beiden Forteilenden mit bedenklicher Miene nach, als wenn sie irgend ein Unheil fürchtete. Ihre und der Mutter Besorgnisse wurden aber bald aufgelöst, als die beiden Streitenden Hand in Hand und ganz versöhnt nach kurzer Zeit zurückkamen. »Ehr' und Reputation«, rief der Kapitän, »und die beste Satisfaktion obenein muß ich meinem Paten geben, dem tüchtigen, lieben Fritz! Ei was, ihr alten Menschen, der Bursche ist nicht einfältig, das muß ich besser wissen. Ihr versteht aber von Schiffen nichts. Kein Schiffsbaumeister könnte es besser machen. Und alles selbst! Teufel, das hat was zu bedeuten! Mir ist es nur als Boot zu groß, das herrliche Ding, sonst kaufte ich es dem jungen Hünen ab. Ich habe mein Lebtage nichts gesehen, das schöner und zweckmäßiger gearbeitet wäre.«

Er rieb sich die Hände vor Freuden und klopfte dem Jüngling mit Zärtlichkeit auf die Schulter. Der Vater schien das Lob auch gern anzuhören, und alle waren heiterer geworden, als der alte Diener

---

[11] Holländisch Pompelmoes, die kopfdicke Frucht des aus Indien stammenden Adamsapfel-Baumes.

sie zur Mittagstafel abrief, indem er zugleich den Domine und noch einen Fremden als Gäste anmeldete.

*

Der Gast, welcher mit dem Domine gekommen, war ein junger Deutscher, welchen der ehemalige Hofmeister des Hauses, der nach Deutschland zurückgekehrt war, dem Herrn van der Winden empfohlen hatte. Dieser junge Mensch, der sich der Handlung gewidmet, sollte in Amsterdam oder dem Haag auf einem großen Comptoir angestellt werden, um einige Jahre später nach London zu gehn und sich dort vielleicht niederzulassen. Da der junge Sommer wohlhabend war, so eilte er nicht sehr, seine ihm bestimmte Station einzunehmen, sondern er zog es vor, dieses Jahr noch in Holland und den Niederlanden umherzureisen, um, wie er sich einbildete, die Nation und ihre Art und Weise kennen zu lernen. So war er in Brüssel, Rotterdam, Antwerpen und Amsterdam gewesen und kam jetzt von der letzten großen Stadt nach diesem Landhause zurück, um die Bekanntschaft der Familie fortzusetzen, in welcher ihn vorzüglich Elsbeth durch ihre Schönheit und freundliches Betragen angezogen hatte. Erst kürzlich war in Deutschland Goethe mit seinem Götz und Werther[12] aufgetreten, und der junge Reisende gehörte zu jenen Verehrern, die das letzte Werk über alles priesen, es auswendig wußten, allen empfahlen und in ihrer Begeisterung jedermann zu diesen Ansichten und Empfindungen bekehren wollten, ohne wohl selbst den ganzen Wert des unübertrefflichen Buches empfunden zu haben.

Dieser junge Mann kontrastierte in seinem hellblauen Frack und gelben Unterkleidern sehr mit der holländischen Gesellschaft, in die er eingeführt wurde. Der Domine vorzüglich, der ihn in seinem Wagen von seinem Pfarrdorf mitgebracht hatte, betrachtete und behandelte ihn ganz wie einen, der von einem unschädlichen Wahnsinn befallen sei, und fand es daher auch ganz natürlich, daß er sich bei Tisch neben den Blödsinnigen setzte, mit welchem er zwar nichts sprach, ihn aber fleißig beobachtete, weil es ihm auch darum zu thun war, Menschenkenntnis auf seinen Reisen einzusammeln. Der Vater war freundlich gegen seinen Gast und die Mut-

---

12 »Götz von Berlichingen« erschien 1770, »Die Leiden des jungen Werthers«
1774.

ter noch mehr; nur der Kapitän, welcher gleich bemerkt hatte, daß
der Fremde gegen Elisabeth sehr zuvorkommend war, suchte seinen Verdruß über den Zudringlichen hinter ein Nichtbemerken
seiner Person zu verstecken.

Man war vom Tische aufgestanden, spazierte im Baumgang und
begab sich dann in eine Laube, um den Kaffee einzunehmen, Wilhelm, der immer nur wenig genoß, hatte sich schon wieder an seine
Arbeit gemacht, und obgleich das Sägen und Zimmern das Gespräch der Ruhenden zuweilen störte, so wollte der Vater doch
diese Unterhaltung seinem unglücklichen Sohne nicht untersagen,
um diesen nicht aufzubringen, der leicht über dergleichen Verbote
in Zorn geriet.

Der junge Deutsche hatte nichts Besseres und Eiligeres zu thun,
als seinen neuen Enthusiasmus zu verkündigen, wozu er täglich
jede Gelegenheit benutzte. »Wir und die übrigen Nationen«, sagte
er nach einigen vorangegangenen Reden, »haben bis jetzt, mag auch
in einem gewissen Sinne manches geleistet sein, nichts besessen,
was sich mit diesem neuesten Ausschwung nur irgend in Verglei-
chung stellen ließe. Denn die Seele, das Gemüt selbst war bis dahin
noch nirgend gezeichnet und in der Tiefe des Schmerzes, der Verzweiflung an sich selbst und allem Leben jener wunderbare Punkt
nicht gefunden worden, der vor- und rückwärts alles erklärt und im
Tode und der Vernichtung wieder eine Leuchte anzündet, die uns
den Glanz eines höhern Daseins entgegenspiegelt.«

»Ich verstehe den jungen Mann nicht«, sagte der Domine; »was
derselbe zu verstehn gibt, wenn ich etwas von seinen Worten gefaßt
habe, möchte etwa nur auf die Offenbarung und Heilige Schrift
anzuwenden sein.«

»Ich habe Ihr Lieblingsbuch gelesen«, setzte Elisabeth das Gespräch fort, »und es hat mich tief erschüttert; ich kann es nicht beurteilen, weil der Eindruck eben zu groß und allgewaltig war, denn
meine Seele wird noch auf lange darüber zu denken haben, um alle
die Massen von Empfindungen zu ordnen, die mich hin und her
bestürmten. Das Buch ist ein einziges; aber Sie können doch nicht
wünschen und es für möglich halten, daß nun alle poetischen Bücher dieselbe Gestalt erhielten.«

»Doch«, sagte der junge Sommer, »mehr oder weniger. Denn von der Liebe ist wenigstens bis jetzt noch nicht mit Ausdruck und Gefühl geredet worden.«

»Hoho!« rief jetzt der Seemann, der aufmerksamer wurde und sich seiner Jugend und so mancher Lieder erinnerte, die ihn damals entzückt hatten; »das Lieben sollten wir also von euch Deutschen zuerst lernen?«

»Und Vondel!«[13] sagte der Vater, »und so manche unsrer Autoren! Ei, mein junger Herr, ich mag jetzt nicht alle die Namen aufführen, die auch in unsrer Litteratur herrlich klingen.«

»Spreu! Stroh! gefühllose Zeilen!« rief Sommer mit Hohn und Anmaßung aus, worüber der Domine so böse wurde, daß er seinen großen dreieckigen Hut auf seiner Perücke rund herum drehte und nachher schief sitzen ließ. »Ich bin kein Dichter«, rief er mit Heftigkeit, »und mag keiner sein und will keinen Verliebten vorstellen und keinen heidnischen, wilden, ungeregelten Enthusiasten, am wenigsten aber mich zu einem gottlosen Selbstmörder bekehren lassen, vollends von einem jungen, reisenden Handlungsdiener mit rund geschnittenen Haaren; aber so alt und hölzern ich da auch sitze, so nehme ich es doch mit einem hochfahrenden Nebukadnezar in allen Versmaßen auf, der solche unnütze Worte spricht. Feder, Tinte her und Papier!«

Alle lachten laut über den polternden Geistlichen, aber der Fremde fühlte sich beleidigt und fuhr mit empfindlichem Tun fort: »Wie kann denn ein Volk eine Litteratur besitzen, das, genau genommen, nur eine Provinz von Deutschland sein müßte, wenn es nach dem Rechten ginge? Die Sprache ein verdorbener deutscher Dialekt, ihr Streben Geld und Handel, ihre Sitten altfränkische und veraltete: während das große Deutschland ausgebildet und sich bildend, mannigfaltig in der Geschichte, Wissenschaft und Kunst, in reicher Litteratur, in unendlichen Strebungen sich in Kraft und Herrlichkeit entwickelt, indes hier die Geschichte, die freilich niemals groß und eigentümlich war, völlig abstirbt und bald alles hier, was sich ehemals noch von Geist melden mochte, in steifen Formen, in vertrockneten Fratzen nur als seltsame Mumien umherstehn wird.«

---

[13] Jost van den Vondel (1587-1679), der bekannte niederländische Dichter.

Der junge Wilhelm war, von dem Gelächter und Streit gelockt, ebenfalls herbeigekommen, und der Domine, der jetzt alle Fassung verloren hatte, erhob sich im erhabnen Zorn und rief aus: »Himmel und Erde! Auf holländischem Boden Holland so von einem Fremden gelästert! O ihr Deutschen, ihr Schwachen, ihr Armen! Als ihr im Schlaf lagt, in saumseliger Erstorbenheit, aus welcher euch späterhin nicht einmal ein dreißigjähriger Bürgerkrieg erwecken konnte, als England noch vor einer wilden Königin[14] zitterte, in Frankreich Greuel auf Greuel[15] sich wälzten und Armutseligkeit das Erbärmliche und Elende ablöste, da standen wir kleiner Haufe, ein offnes, ebnes Land, mit schwachen Kräften, nur vom Glauben gestützt, gegen die allmächtige Tyrannei offenbar und trotzend auf, vor der sich Europa in Ehrfurcht neigte; und dieses kleine Ländchen, diese armen, unwissenden Bürgersleute waren es, an welchen die Kraft des Tyrannen[16] sich erschöpfte und seine Weltherrschaft endlich verschmachtete! Und was habt ihr Deutschen denn in jenen, für uns so denkwürdigen Lustren gethan, als unser großer Wilhelm von Oranien und seine edlen Landsleute die Kette zerschlugen, die für die Ewigkeit geschmiedet schien? Und wo ist noch das Buch in Deutschland, das sich mit unserem großen Hooft[17] messen dürfte, der diese glorreiche Zeit als Mann beschrieben hat?«

»Hooft!« seufzte Wilhelm und senkte das Haupt, als wenn er nach einem Gedanken suchte; »Tacitus!« Der Vater wurde aufmerksam, und die Mutter erschrak beinah', denn dergleichen Namen hatte ihr Sohn schon seit Jahren nicht mehr ausgesprochen.

»Und unsre Seehelden!« rief der Kapitän, »und Afrika, Ostindien, Amerika! Wo kennt man denn auf Erden unsern Namen nicht? Geht mal bei Gelegenheit hinaus, junger Mensch, und seht Euch ein bißchen das unermeßliche Weltmeer an, das uns ein Jahrhundert ge-

---

[14] Maria die Blutige, 1553-58 Königin von England, verfolgte die Protestanten auf das grausamste.

[15] Gemeint sind die Hugenottenkriege 1562-98 (die Bartholomäus-Nacht 1572)

[16] Philipp II. von Spanien (1555 98), unter dessen Regierung bekanntlich die Niederlande von Spanien abfielen.

[17] Pieter Corneliszoon van Hooft (1581 1647), niederländischer Dichter und Geschichtsschreiber; Verfasser der berühmten, in Taciteischem Stil geschriebenen »Nederlandsche Historien«, Amsterdam 1642.

dient hat, bis die Engländer, mit uns wetteifernd und von uns lernend, uns den Rang abgelaufen haben. Und wie wir Handel und Reichtum schufen und lenkten, so hat der freie Gedanke, die ungeschnürte und ungefesselte Wissenschaft auch bei uns Zuflucht und Herberge gefunden, und was wir Gutes vom übrigen Europa empfingen, haben wir ihnen längst mit wuchernden Zinsen zurückgezahlt. Möchte das verlorne Italien, das menschenleere Spanien, ja selbst das träge Deutschland nur die Gaben des Geistes und der Freiheit haben benutzen können und wollen, die von uns ausgegangen sind.«

»Hat die Kunst nicht auch«, fing der Vater wieder an, »bei uns geblüht, als sie im übrigen Europa schon untergegangen war? Unser großer Rubens mußte Spanien verherrlichen[18] und die Italiener in Erstaunen setzen, van Dyck und diese Schule, dann Rembrandt, ebenso unsre Landschaftmaler, wer kennt, wer bewundert sie nicht? Hier bei uns war die Freiheit erwacht und mit ihr das Genie und die schaffende Kraft. Ihnen, junger Mann, als einem Schulgelehrten, darf ich nicht einmal in Erinnerung bringen, was unsre berühmten Männer für die Philologie und die Kenntnis der Alten[19] gethan haben. Sind wir jetzt nicht mehr ganz das, was wir waren, so erfahren wir nur den Umschwung, der alles Menschliche ergreift. Seit dem preußischen Friedrich sind die Deutschen erst gewissermaßen wieder lebendig geworden, und es kann sein, daß auch in ihrer Litteratur ein neues Licht aufgeht, was ich nicht beurteilen kann, weil ich es nicht verstehe.«

»Rubens!« sagte der Kapitän, »ja, das ist ein Gewaltmensch, und wenn man unser Elsbethchen anschaut, so merkt man wohl, wo er hin gewollt hat; aber entweder hat es ihm doch an Auge gefehlt, oder die Natur hat damals noch eine solche schmucke Jacht nicht vom Stapel laufen lassen; denn alles, was ich von dem großen Färbemeister gesehn habe, reicht diesem Prunkstück, unserem Elschen, noch das Wasser nicht. Gewiß, auch in seinen schönsten Sachen schwimmt immer noch, vorzüglich bei seinen Weibern, so etwas

---

[18] Als Hofmaler des niederländischen Generalgouverneurs Albert und der Nachfolgerin desselben, der Infantin Isabella

[19] Berühmte holländische Philologen sind unter andern Hemsterhusius, Ruhnten, Bossius, Dousa, Meursius, Hugo Grotius ec.

Geringes obenauf, daß man zu den großen, vollen Massen keine Andacht fassen kann. Aber hier unser Gotteskindchen ist so strahlend und weise wie ein hoher Engel, und dabei so fromm und sanft wie ein Lämmchen, und vornehm und groß wie Maria Theresia in ihrer Jugend, und so zauberreich zugleich und anlockend, wie die Heiden von ihrer Venus und den Sirenen fabeln. Von der Sirene an meinem Schiff will ich nichts sagen, so sehr ich sie in Ehren halte.«

»Und Ihr seid ein alter, versalzner Seenarr!« fuhr der Domine heraus; »müßt Ihr das aufgeblasene Kind noch eitler und weltlicher machen, die schon meine Kirche mit den übrigens verehrten Eltern selten genug besucht? Ohne Demut keine Schönheit, ohne Glauben und Wandel kein Strahlen; und Reiz! dummes Wort! Reiz soll es gar nicht geben und ist heidnisches, weltliches, unerlaubtes Gefühl!«

»Und lobtet selbst vorher«, schrie Thomas, »Eure Dichter, alter Seelenverfolger statt Seelenversorger! Ihr seid ja schlimmer wie die englischen Methodisten, Quäker, deutsche Herrenhuter oder unsre Wiedertäufer[20] Da kämen wir ja auf etliche verrückte Lehren des Talmud hinaus, wenn der Reiz des Leibes und der Sinne durchaus etwas Verwerfliches wäre. Ihr habt überhaupt, Domine, nehmt's nicht übel, was von einem alten Juden, Nur ein verstockter Jude könnte das schöne Kind so lästern.«

»Und Ihr seid ein alter verliebter Geck!« rief der wilde Domine.

»Verliebt?« rief Wilhelm und sah den Kapitän und den Domine abwechselnd mit großen Augen an. »Verliebt?« rief der junge Sommer; »was muß ich da hören? Ist das wahr, meine teure, verehrte, angebetete Freundin? Soll der alte braune Seedrache meinen Albert[21] vorstellen? O weh! warum bin ich, Unseliger, Hieher gekommen?«

»Was?« schrie Thomas noch eifriger; »das fremde Kerlchen spricht hier solchen Unsinn, und zu meinem Kinde, als wenn er ein Recht ans sie hätte? Seedrache, Ihr Wurm, nennt Ihr mich? O Ihr

---

[20] Das Unwesen der bekannten Wiedertäufer in Münster wurde von Angehörigen dieser Sekte, die 1533 aus den Niederlanden vertrieben worden waren, angestiftet.

[21] Da sich Sommer gern als Werther aufspielen möchte, sieht er in Elsbeth seine unglücklich geliebte Lotte, in Thomas deren Bräutigam Albert.

aufgelämmerte[22] Gänseblume! Wie könnt Ihr einem Manne, der mehr Länder und Meere gesehn hat, als Ihr Fibelbüchelchen und Gedichtkritzeleien durchschnüffelt habt, nur ins Angesicht schauen?«

»Meine Herren«, sagte Elisabeth freundlich lachend, indem sie aufstand, »als Sie alle zuletzt noch von dem edlen Kapwein so fleißig tranken, habe ich es fast vermutet, was vorgehen würde. Ich bin auf keinen Fall so wichtig, daß man meinethalb so in Eifer geraten dürfte. Mein guter Vater hat so viel Ruhe und Fassung, daß er alles, was hier doch nur im Scherz gesprochen ist, auch wird zum Scherz zu wenden wissen, und sowie Sie alle stiller geworden sind, werde ich wieder zu Ihnen kommen.« Mit diesen Worten verließ sie die Gesellschaft. Wilhelm ging ihr nach und, nachdem sie ins Haus getreten war, wieder an seine Arbeit.

»Sie hat recht«, sagte der Kapitän, der ihr lange nachgesehn hatte, »wir müssen uns alle schämen. Aber ich mache kein Hehl daraus, daß ich in sie verliebt bin, wenn das Gefühl denn doch einmal einen Namen haben soll. Ich kannte mal einen Mann, der hieß Kunz-Peter, so hatte ihn ein einfältiger Domine getauft, ein Mann, der nach seinem Wesen hätte Emanuel heißen sollen, oder Abraham, Isaak und Jakob zusammen, mit dem lieben Joseph obendrein, so tugendhaft war der liebe Mensch. Und so kann das Kind auch vielleicht bei mir unrecht getauft sein. Was weiß ich: heiße es Verliebt!«

»Wir wollen uns nicht wieder ereifern«, sagte Sommer mit zärtlicher Stimme, »aber, wie gesagt, Sie, teurer Mann, wären für das edle, hochgestimmte Wesen ja noch viel schlimmer als Albert.«

»Ich mag von dem Albertus nichts mehr wissen«, rief der Seemann, »was geht mich der Mensch mit seinen Pfiffen und Kniffen an,[23] wenn er ein Hasenfuß und Windbeutel war.«

»Albert ein Hasenfuß!« unterbrach Sommer laut lachend, »im Gegenteil, er war zu gesetzt und vernünftig, zu solide als Ge-

---

[22] Aufgeläppert, kümmerlich großgezogen.

[23] Der Seemann, der den »Werther« nicht kennt, meint den als Schwarzkünstler verläumdeten Albertus Magnus (Albert Graf von Bollstädt, 1193-1280), einen der größten Gelehrten des Mittelalters.

schäftsmann, um lieben zu können, oder seine Lotte und gar den schwärmenden Werther zu verstehn.«

»Nun«, erwiderte Thomas, »so mögen Sie mich denn allenfalls mit dem soliden Manne vergleichen. Sie wollen vielleicht den Herrn Werther vorstellen?«

»Allerdings«, sagte jener, »und wir jüngern Leute in Deutschland, alle bessern Köpfe und fühlenden Gemüter streben dahin, und die übrigen, die das nicht können oder wollen, sind Philister.«

»Apropos Philister!« sagte der Domine ganz trocken, »es soll ja in Unteritalien ein Erdbeben gewesen sein.«

Der Deutsche war dieses künstlichen Überganges wegen völlig aus aller Fassung gebracht; der Kapitän ging aber ganz ehrlich in das Gespräch über Erdbeben ein, und nur der Vater lächelte, welcher die Bosheit des Geistlichen wohl verstanden hatte.

»Es ist entsetzlich«, erzählte der Kapitän, »wie es damals in Lisbon aussah, als das schreckliche Erdbeben[24] es durcheinander gerissen und geworfen hatte. Tempel, Häuser, Gassen zusammengestürzt, Leichname, zerschmetterte, noch lebende Menschen, viele hundert verschüttet, andere von oben aus halben Trümmern nach Rettung jammernd, und keine Hülfe oder nur ungenügende da, die Menschen im Felde umirrend, die in der Stadt zitternd und gewärtig, daß sich der Schrecken erneuerte, manche zwischen Mauern in Folterqualen eingeklemmt, Seufzen, Schreien, Brand, Verzweiflung, Hunger und Erschöpfung, wohin man sieht O, es war ein Anblick, daß man meinte, die Allmacht selbst reiche nicht aus, um hier unter die Arme zu greifen. Und wenn man nun in dem Jammer selbst nach einem verlornen Freunde umlief, wenn man auf Kinder stieß, die die Eltern suchten, wenn die leichenblassen Mütter durch Qualm und taumelnde Mauern rannten, die Kleinen zu finden, wenn keiner sich und sein eignes Haus wiedererkannte, oder den Ort, wo es gestanden; wenn diejenigen, die sich schon gefunden hatten, noch immer nacheinander schrieen oder sich in der Betäubung wieder verloren, so war das alles ein Anblick, daß man dachte, man hätte schon den Jüngsten Tag erlebt.«

---

[24] Das furchtbare Erdbeben von 1755

»O weh!« sagte die Mutter; »wie glücklich sind wir, daß wir einem solchen Greuel in unserm Lande nicht ausgesetzt sind.«

»Aber dafür den Überschwemmungen«, rief der Vater, »die sich schon so oft wiederholt haben. Dieses unermeßliche Meer, unser Erhalter und liebster Freund, ist zugleich unser gefährlichster Feind. Wir wissen auch nicht, wie er uns noch einmal schaden und verderben kann. Wie viele Leiden haben sich nicht schon durch die gerissenen Dämme über mein armes Vaterland ergossen! Und immerdar stehen wir in Gottes gnädiger Hand, wie gelinde oder strenge er uns züchtigen will.«

»Es gibt keinen andern Trost bei dergleichen Gedanken und Furcht«, sagte der Domine, »als daß wir die Überzeugung recht fest halten, daß alles nur geschieht, was geschehn soll, und schon seit Ewigkeiten so beschlossen ist. Darum sollte eigentlich auch alle große wie kleine Furcht völlig verschwinden, denn ich kann dem Unglück nicht ausweichen, das über mich verhängt ist.«

»Die eigne, selbständige Kraft«, erwiderte der Deutsche, »muß mächtiger sein als alles Schicksal. Am Ende ist doch jede Furcht nur Feigheit, und wenn ich den Tod verachte, was kann mich dann noch beängstigen oder mir drohen?«

»Recht gut gesagt«, sagte der Vater, »aber schwer ausgeübt.«

»Und doch auch gottlos obenein«, bemerkte die Mutter, »denn wenn ich nicht immerdar meine Abhängigkeit von Gott fühle, so ist mir auch nicht wohl. Solche strenge Freiheit kommt uns Menschen wohl auch nicht zu.«

Da das Gespräch wieder ruhig geworden war, so hatte sich Elisabeth auch zur Gesellschaft zurückbegeben, und der kranke Jüngling war ihr gefolgt. Dieser setzte sich außerhalb der Laube unter einen Baum und schien nicht nach den Reden der andern hinzuhören.

»Außerdem aber«, sagte der Domine, »um die Bemerkung der Hausfrau zu ergänzen, »darf man annehmen, daß nach der ewigen Gerechtigkeit und Weisheit sowie nach jenen unabänderlichen Gesetzen auf jedermann so viel Glück wie Unglück, Wohlthat wie Leiden fällt und ihm zugeteilt wird, als er durch seinen Wandel und die Güte seines Herzens verdient oder verschuldet. Ich bin kein ausgezeichnet edler oder tugendhafter Mann, manche sind auch wohl schon frommer gewesen, aber ich bin doch so wenig böse, so rechtlich, so ergeben in den Willen meines Herrn, dem ich wissentlich nie etwas zuleide gethan habe, ein aufmerksamer Wirt, Gatte und Vater, war auch ein ziemlich gehorsamer Sohn in der Jugend, so daß ich mit Recht vertrauen, wenn auch nicht fordern darf, daß es mir immer gut gehe und kein großes Leiden, keine Lebensgefahr, keine Not auf mich einbreche, bis ich zu meinen Vätern versammelt werde.«

»Soll man das nun«, fragte der Seemann, »fromm oder gottlos nennen? Domine, da müßt Ihr Euch ja fast mit dem Schöpfer so stehn, wie der erste Buchhalter mit seinem Kaufherrn.«

»Wenn ich im Wort des Herrn lese«, sagte der Priester, »und es verstehe und glaube, so habe ich daran Genüge, und die übrige Welt mit allen ihren Begebenheiten ist für mich gar nicht mehr da.«

»Soll man Gott nicht allenthalben sehen?« fragte Thomas wieder.

»Vielleicht«, erwiderte der Domine, »um ihn über dem allzu eifrigen Suchen zu verlieren.«

Indem zogen noch Störche durch den Himmel; das eine Paar ließ sich nieder und kehrte in das alte Nest auf der Scheune wieder gastlich ein. »Domine!« rief Wilhelm, »seht abreisen wiederkommen finden was ist das?«

»Das nennt man Instinkt, mein guter Sohn«, belehrte der Geistliche.

»Das ist Gott!« rief Wilhelm, und alle sahen ihn verwundert an.

»Ist und bleibt Instinkt!« rief der Priester.

Wilhelm faßte den Geistlichen am Arm und zeigte auf ein nahes Fenster am Gartenhause. Hier flog zum Nest die alte Schwalbe hin und wieder und brachte den Kleinen Würmchen im Schnabel, lockte, so daß die unmündigen Vögelchen die Köpfe heraussteckten, weit das Maul öffneten, und die Mutter jedem gab, indem alle bei dieser freundlichen Atzung, die Kleinen wie die Großen, ein süßlautendes Geschwätz flüsterten und zwitscherten. »Was ist das?« fragte Fritz-Wilhelm wieder, indem seine Augen glänzten.

»Mein lieber unwissender, aber doch lehrbegieriger Sohn«, sagte der Pfarrer etwas verstimmt, »das ist ja wiederum obbemeldeter Instinkt!«

»Ist Gott!« rief der Kranke noch heftiger, und da alle um ihn standen, erstaunten und aus Elisabeths Augen, die von wundersamer Rührung ergriffen war, zwei große Thränen langsam flossen, ging Wilhelm näher, wies auf die überfließenden Augen und sagte ganz leise: »Ist wieder Gott!« worauf er andächtig die Hände faltete.

»Mittelbar«, sagte der Domine, der etwas verwirrt wurde, »mittelbar vielleicht, wie dann aber alles.«

Fritz schüttelte den Kopf. Hierauf nahm er dem Geistlichen den Hut ab, dann die Perücke und klopfte ihm mit seinem Finger leise auf den Kopf, indem er mit Anstrengung sagte: »Da drin du dann Haar draußen dann Hut und wo du? da unterm Knochen? Rede nicht du Hauch nicht du Knochen nicht du und wenn du mir lieb Perücke du alter Hut du!« worauf er ihm beides wieder aufsetzte und stillschweigend zu seinem Boote ging, um weiter zu arbeiten. Der Domine schüttelte bedenklich mit dem Kopf, der Seemann sagte gerührt: »Gebt mir ihn mit, der würde draußen in Indien sein Glück machen; wir alle sind klug, in unsern Gedanken, und was jetzt der Dumme gesagt hat, darüber könnte wenigstens ich lange nachdenken.«

Elisabeth sah den alten gerührten Mann wie dankbar an und gab sich keine Mühe, ihr aufgeregtes Gefühl zu verbergen, denn sie weinte heftig. Der Vater umarmte sie mit Innigkeit, da sie seinen tiefen Kummer, sein herbes Leid teilte; die Mutter war auch in Thränen, und alle gingen jetzt, da es kühl geworden war, in das Feld spazieren, um sich zu zerstreuen und von andern Gegenständen erheitern zu lassen.

Der Domine war am Abend nach seiner Pfarre zurückgekehrt, aber Sommer wohnte im Hause, und sein Umgang mit dem Kapitän war ziemlich friedlich, wenn auch nicht sonderlich unterhaltend, da der Seemann den jungen Deutschen nicht hochachten wollte, der sich neulich so offen als seinen Nebenbuhler erklärt hatte. Elisabeth, so sehr sie den alten Thomas mit jedem Tage mehr liebgewinnen mußte, war doch oft von seiner Gegenwart beängstigt, und darum war es ihr lieb, daß den Vater seine Geschäfte auf einige Tage nach der Stadt abriefen, weil dessen beobachtender Blick ihr besonders quälend war und sie seit Jahren wußte, wie sehr er diese Verbindung wünschte und sie eigentlich schon für eine beschlossene angesehn hatte.

Als Elisabeth an einem Morgen in der Laube saß und las, gesellte sich Sommer zu ihr, und sie sah, daß er absichtlich die Rede sogleich auf seine Leidenschaft und Liebe wandte. Das Mädchen behandelte alles als Scherz; um so ernsthafter er beteuerte, um so mehr lachte sie, und als er endlich auf den Knieen seine Schwüre wiederholen wollte, sagte sie: »Mein junger Freund, Wollen Sie denn durchaus unser Haus und Garten in ein Theater verwandeln, und ich soll und muß als Mitspielerin neben Ihnen figurieren? Sie bedenken aber nicht, daß Sie Ihre Rolle einstudiert haben, und sind unbillig genug, zu verlangen, ich soll Ihnen so aus dem Stegereif sekundieren. Ich merke ja die Stichwörter nicht, ich bleibe stecken und wiederhole einen und denselben Satz; ich nehme an, Sie üben bei mir, was Sie anderswo darstellen wollen, darum kann ich an Ihre Liebe so wenig glauben, als sie erwidern.«

»Sie bringen mich um!« rief Sommer; »Was liegt mir denn auch an meinem lästigen Leben? Sie wollen das Opfer, und es wird fallen. O, wenn ich nur meine Pistolen, mein Gewehr hier hätte! Dann sollten Sie sehn! O, wo nehm' ich nur Pistolen her? Ich wollte den küssen, der mir gleich welche brachte. Aber vorher soll der langweilige, unangenehme Seemann meine Rache fühlen. Ich werd' ihn fordern.«

Das braune Gesicht des alten Kapitäns sah in diesem Augenblick durch eine Öffnung der Laube auf die Szene hin, und da er nur das letzte Wort gehört hatte, so fragte er ganz unschuldig: »Was wollen Sie fordern?«

»Nichts«, erwiderte Elisabeth lachend, »Herr Sommer meint, er wolle sogleich von unserm Daniel ein Glas Wein fordern, und da ich den Kellerschlüssel verwahre, so hat er sich vorläufig an mich gewendet,« »Recht so!« sagte Thomas, »ich trinke mit, denn es ist heut' ein kühles Wetter.« Elisabeth ging scherzend, um das Verlangte zu besorgen, und die beiden Nebenbuhler unterhielten sich indessen von gleichgültigen Gegenständen. Doch war Sommer so verlegen und so verdrüßlich, daß er sich bald entfernte, um mit einem jungen Menschen spazieren zu gehn, dessen Bekanntschaft er zufällig gemacht hatte.

»Wie unser Gast so leichtsinnig in seinem Umgange ist«, sagte Elisabeth, als er sich entfernt hatte; »er geht gewiß wieder mit dem jungen Barnabas, dem Sohn von der Gärtnerwitwe drüben, der ihn schon einigemal in das berüchtigte Spielhaus geführt hat.«

»Die Langeweile«, sagte Thomas, »quält den Menschen zu sichtlich. Warum dergleichen Märtyrer nicht lieber in der Stadt bleiben? Das wird ein elender Kaufmann werden. Ist der Barnabas nicht der rotköpfige Bengel, der in der Nachbarschaft schon so viel Unfug angestiftet hat? Der kleine Knirps, dem die Bosheit aus den Augen sieht?«

»Derselbe«, erwiderte Elisabeth; »er ist mir schon deswegen verhaßt, weil er ein schändliches Vergnügen darin findet, unsern Fritz-Wilhelm zu ärgern, so oft er ihn sieht. Der kranke Sohn hat auch solchen Abscheu vor diesem Burschen, daß man in seiner Gegenwart selbst dessen Namen nicht nennen darf.«

Der fremde Deutsche war indessen wirklich mit diesem berüchtigten Barnabas, einem gemeinen Menschen, über Feld gegangen. Es schien fast, als wenn der zartgestimmte Sommer von Zeit zu Zeit dergleichen Erfrischung nötig habe, um sich von der Anstrengung jener seinen und erhabenen Gespräche zu erholen, die er in der Familie seines Gastfreundes zum besten gab. Sie gingen nach einem benachbarten Wirtshause, wo sich sonst oft lärmende und ziemlich geringe Gesellschaft zusammenfand; heut' aber trafen sie nur zwei wohlgekleidete Fremde von seinem Ansehn, so daß Barnabas auch sogleich weiter verlangte, Sommer aber mit den Unbekannten, die gereisete Leute schienen, ein Gespräch anknüpfte, welches ihn so anzog, daß er mit ihnen ging, als sie die Schenke verließen.

Sie richteten ihren Weg zu einem nahen Wäldchen, und der größere von den Fremden ließ es sich sehr angelegen sein, durch Scherz
und Heiterkeit den jungen Sommer aufzumuntern, der sich seit
lange nicht so heiter gefühlt hatte. Man sprach von den verschiedenen Liebhabereien, und jedermann, bis auf den rothaarigen
Barnabas hinab, rühmte die seinige. Von Weinen, Kupferstichen,
Gemälden wurde abwechselnd vieles gerühmt, bis der ansehnliche
Fremde endlich gestand, seine ausschließende Freude sei, Medaillen
aller Art zu sammeln, die er auch gern für andre Seltenheiten von
Zeit zu Zeit eintausche. »Ja«, fuhr er fort, »wo ich dergleichen oder
Denkmünzen, seltnes Gepräge, Figuren und Symbole gewahr werde, da erwacht meine Leidenschaft, die zuweilen so stark werden
kann, daß ich mir schon selbst Vorwürfe gemacht habe, mich aber
immer zu schwach fühle, meine einseitige Liebe für diese Gegenstände zu zügeln oder einzuschränken.«

»Wenn ich eine Sammlung von Seltenheiten anlegte«, antwortete
Sommer, »so würde ich vorzüglich schöne und ausländische Waf-
fenstücke, Bogen, Pfeile, merkwürdige Schwerter, fein ausgelegtes
Schießgewehr zusammenzubringen suchen, auch Rüstungen, die
von merkwürdigen Männern getragen sind. Ich habe immer mit
Entzücken die Rüst- und Raritätenkammern, auch die Arsenale in
manchen Städten gesehn.«

»Lieben Sie Pistolen auch?« fragte der Fremde.

»Meine Passion!« rief Sommer aus, »und mir thut es leid, daß ich
die meinigen, die sehr schön sind, zu Hause gelassen habe.«

»Würden Ihnen diese gefallen?« fuhr jener fort, indem er ein Paar
hervorzog.

Sommer nahm sie in die Hand. »Trefflich!« sagte er.   »Nehmen
Sie sich in acht!« rief der zweite Fremde, »sie sind scharf geladen.«

»Möchten Sie sie verkaufen?« fragte Sommer, indem er sie hin
und wieder wägte; »sie liegen so bequem in der Hand.«

»Ich verkaufe nichts«, antwortete der Fremde, »denn ich bin kein
Handelsmann.« Er nahm die Gewehre dem Deutschen wieder ab
und gab das eine Pistol seinem Begleiter aufzuheben, »Sollten Sie
aber gar keine Seltenheit bei sich tragen, so daß wir irgend einen
Tausch treffen könnten, der uns beiden vorteilhaft wäre?«

»Es thut mir leid«, fagte Sommer, »aber ich habe wirklich nicht das Geringste bei mir, das Ihnen von Nutzen sein dürfte.«

»Sehn Sie«, fugte der Fremde, »wie leicht und sicher sich der Hahn ausspannt«, indem er dem Deutschen näher auf den Leib rückte, »ich gönne Ihnen die Waffe lieber als einem andern: suchen Sie nach, Sie finden gewiß etwas.«

»Ich gebe Ihnen mein Wort«, rief Sommer etwas verlegen, »ich habe nichts   thun Sie aber das Pistol beiseite, Sie sagen ja selbst, es sei scharf geladen.«

»Ich habe aber gesehn«, erwiderte der Fremde ganz kaltblütig, »daß, als Sie in der Schenke zahlten, Sie aus einem ansehnlich vollen Beutel lange suchten, sollte denn in diesem nicht etwas für mich «

»Lauter neue, gewöhnliche Münzen!« rief der Deutsche lachend, »lauter französische Louisdor, die ich zu mir gesteckt habe, weil ich nach Amsterdam gehn und sie dort in holländische Dukaten umsetzen will.«

»Thun Sie das nicht«, rief der Unbekannte sehr lebhaft; »ei, wie glücklich sich das trifft, diese französischen Louisdor fehlen mir noch ganz außerordentlich in meiner Sammlung; zeigen Sie einmal her.«

»Sie wollten aber nicht verkaufen«, sagte der Deutsche etwas furchtsam, »und diese sechzig Stück   «

»Geben Sie, zögern Sie nicht«, sagte der Fremde, indem das geladne Pistol dem Zitternden auf der Brust ruhte; »je mehr, je besser.«

»Ja, geben Sie nur schnell meinem Freunde«, sagte der zweite Unbekannte, der ebenfalls das Gewehr in dieselbe Richtung legte und ganz nahe trat; »ei, wie glücklich sich das, Herr Bruder, für deine Sammlung trifft, daß sie durch eine so ansehnliche Anzahl Medaillen vermehrt wird.«

Sommer hatte die Börse gezogen und sah ungewiß und ängstlich umher. Der rothaarige Barnabas machte Miene, davonzulaufen. »Warum«, rief der größere Unbekannte laut und in einem befehlenden Tone, »wollen Sie sich entfernen, geehrter junger Mann? Im Gegenteil, kommen Sie näher und sein Sie ein Zeuge, wie unser

Tausch freiwillig und nach unsern beiderseitigen Wünschen zu stande gebracht wird.« Er hatte den Beutel mit den Goldstücken schon genommen. »Nicht wahr, mein fremder Herr«, fuhr er fort, »Sie tauschen recht gern und nach Ihrem eignen Verlangen diese kleine Medaillensammlung gegen diese beiden schön gearbeiteten Gewehre um?«

Sommer, der sich jetzt die beiden Pistolen so nahe sah, daß sie ihm fast auf die Brust gesetzt waren, und der in der Nähe keinen Menschen entdecken konnte, auch die Feigheit des Barnabas bemerkt hatte, sagte mit geklemmter Stimme: »Ja, ich tausche gegen meine Sammlung der Louisdor von Ihnen diese Pistolen ein.« »Sie sind Zeuge, rothaariger junger Mann«, rief der Fremde; »aber warum sprechen Sie nicht ganz laut und deutlich, da ich ja nur Ihren eignen Wunsch befriedige, indem auch der meinige erfüllt wird?« »Ich bin Zeuge«, rief Barnabas; »und ich ebenfalls«, der zweite Fremde, indem der erste den Beutel gelassen einsteckte und dem noch immer verwirrten Sommer die Pistolen mit einer höflichen Verbeugung überreichte.

»Meine Herren«, sagte Sommer, indem sich jene entfernen wollten, »ich kann mein Wort und den Tausch nicht zurücknehmen; wenn ich nun aber nicht mit Feuergewehr umzugehn wüßte und wohl gar das Unglück hatte, diese beiden scharf geladenen Pistolen auf Sie abzudrücken, sehr gegen meinen Willen'?«

»Mit Ihrem Willen«, sagte der Fremde, »würde es auch eine unbegreifliche Unart sein, denn unser Verhältnis müßte wohl ein freundschaftliches vorstellen, da wir beide schätzbare Angedenken unsrer Bekanntschaft aufbewahren. Im übrigen, werter Herr, sein Sie ganz ohne Sorge; wie ich vorher den Hahn aufspannte, bemerkte ich meinen Irrtum, denn die Pistolen sind gar nicht geladen.« Die beiden Unbekannten entfernten sich hierauf, nachdem sie noch einmal durch tiefe Verbeugungen Abschied genommen hatten, und verschwanden im Gebüsche.[25]

---

[25] Das Vorbild zu dieser Spitzbubengeschichte ist die bekannte Erzählung »Böser Markt« von Johann Peter Hebel, die zuerst in dessen »Kalender des rheinländischen Hausfreundes für 1809« erschien, Hebels dürftige Quelle (in Behaghels Ausgabe, Bd. 2, L. 162 abgedruckt) war das von ihm in der Vorrede zum »Schatzkästlein« erwähnte »Vademecum« (Berlin 1764 92), Chamissos Gedicht

»Was ist mir denn begegnet?« rief Sommer aus, als er sich wieder völlig sicher glaubte. »Ja«, sagte Barnabas, »ich habe mich auch ein bißchen gewundert, daß Sie gleich so willig waren, den Tausch einzugehn, denn die beiden kleinen Pistolen sind unmöglich so viel wert.«

Man hörte einen Wagen schallen. Es war Herr van der Winden, der von Amsterdam zurückkam. Er nahm den bleichen, erschreckten Jüngling in seine Chaise, um ihn nach Hause zu führen, nachdem dieser gerufen hatte und zur Landstraße hingeeilt war. Als sein Wirt den Vorfall vernommen, konnte er, seines Zornes ungeachtet, ein Lächeln nicht unterdrücken, indem er bemerkte: »Sie sind auf eine schändliche Art geplündert worden, aber so, daß sich kaum etwas thun ließe, selbst wenn Sie der Schelme wieder ansichtig werden sollten, da diese den Raub scheinbar in einen Tausch verwandelt haben, welches selbst Ihr Gefährte, der Rotkopf, bezeugen würde, der Sie gewiß jenen Gaunern ausgeliefert hat und seinen Teil vom Diebstahl empfängt.«

Sommer war beschämt genug, doch hatte er seine Fassung schon ziemlich wiedergewonnen, bevor sie auf dem Gute angelangt waren. Der Vater konnte sich nicht enthalten, seinen Hausgenossen den lächerlichen Vorfall mitzuteilen, und die Mutter bemerkte, daß die Spitzbuben wohl so sicher geworden und ihr Stückchen so grob und frech ausgeführt hatten, weil der Schelm Barnabas sie schon vorher von der Art und Weise des jungen Deutschen unterrichtet hätte.

Als sich am Abend Sommer und Elisabeth wieder im Garten begegneten und er es nicht unterlassen konnte, wieder von seiner Leidenschaft zu sprechen, sagte sie im frohen Mute: »Sie sind jetzt auf recht wunderbarem Wege zu dem Mordgewehr gekommen.« »Spotten Sie nur, Grausame«, rief er in tragischer Verzweiflung, »freilich haben Sie es mir nicht, sondern ganz unbekannte Betrüger gereicht, es wird aber darum seine tötende Wirkung nicht weniger ausrichten können.«

»Böser Markt« (1833) schließt sich viel enger als Tiecks obige Darstellung an Hebels Schwank an.

»Aber bevor Sie sterben oder heut' abend noch, wie Sie sich vorgenommen haben, nach der Stadt reisen«, antwortete sie ruhig und schalkhaft, »muß ich mir Ihren Rat ausbitten; sonderbar genug, einen Rat über einen, den ich geben soll.«

»Worin ich Ihnen dienen kann«, sagte Sommer mit schmerzlicher Miene, »soll von meiner Seite gewiß nicht fehlen, so erschrecklich Sie auch mit mir umgehn.« »Lesen Sie einmal dieses Billetchen«, sagte Else, indem Sie ihm ein Blatt hinreichte.

Sommer las laut, indem ihm die Stimme mit jeder Zeile mehr versagte: »Rate mir doch, mein Schatz, in meiner sonderbaren Lage. Ein junger Deutscher, welcher reich sein soll, will mich mit aller Gewalt lieben und heiraten oder in Verzweiflung sterben oder sich vielmehr selbst tot machen. Er heißt Sommer und ist, seine Narrheit abgerechnet, ein recht hübsches Bürschchen, nur ist er noch zu wenig flügge und allzu grünlicht in allen seinen Gesinnungen, so daß ich an seine Liebe nicht glaube. Kommst Du nicht bald zu uns nach Neuhaus, so komme ich zu Dir hinüber. Er will sich in London etablieren. Das wäre mir nun schon recht. Nur mag das freilich sich noch Jahre hinziehn, denn er versteht die Handlung noch nicht, und wer kennt denn auch seine Eltern, ob sie dem Wildfang seinen Willen thun? Winny.«

»Sie sind da«, sagte Elsbeth, »an ein wildes Kind geraten: allein, Was meinen Sie? Was soll ich antworten? Soll ich abraten, weil ich sonst meinen Geliebten verliere? Oder sie zur Gegenliebe aufmuntern und ihr sagen, wie sehr Sie der Liebe bedürfen, da Ihr Herz allenthalben Schiffbruch leidet?«

Diesmal konnte der sonst redselige Sommer nichts antworten, sondern eilte mit dem Gespann des Wirtes noch in der Nacht nach Amsterdam. Der Vater sagte, als er fort war: »Es ist doch merkwürdig, daß ein Mensch den Mut hat, eine so armselige Rolle zu spielen, die ihn unaufhörlich der Beschämung aussetzt.«

»Ei was«, sagte Thomas, »für uns, ja; aber wem es einmal sein Beruf ist, wer es selber erwählt, einen Windbeutel vorzustellen, der ist aus solche Falle vorbereitet und dagegen abgehärtet. So sind die Deutschen nun einmal.«

*

Es waren fast zwei Monat verflossen, ohne daß van der Winden und der Kapitän ihrem Zweck näher gekommen wären, denn Elisabeth wußte mit Klugheit auf alle Weise jenen Anträgen und Bestürmungen auszuweichen, ohne doch die beiden Freunde zu erzürnen. Indessen wurde doch endlich eine Verstimmung merklich, die allen, vorzüglich der Mutter, drückend wurde; diese nahm sich daher vor, offen mit allen dreien zu sprechen, damit endlich ein Schluß gefaßt werden könne, um ein frisches Leben zu beginnen.

Der Vater fuhr indessen noch einigemal nach Amsterdam, der Domine wiederholte seine Besuche, die Familie ging in seine Kirche hinüber und hörte seine Predigten mit oder ohne Erbauung, und Wilhelm war fast ununterbrochen bei seiner Zimmerarbeit, so daß sich das große Schiff seiner Vollendung immer mehr näherte. Er fing jetzt auch an, ein Verdeck oben hinzuzufügen oder eine ziemlich geräumige Kajütte, und der Vater, so sehr er an diese sonderbare und ganz unnütze Arbeit gewöhnt war, stand doch oft, wenn der Sohn sich entfernt hatte, verwundrungsvoll vor diesem seltsamen Bau; in finstern Stunden erwachte sein Unmut und das Gefühl seines traurigen Schicksals mit neuer Kraft, und er konnte dann wohl seiner übeln Laune nicht so viel gebieten, daß er nicht seinem armen Sohne Bitterkeiten gesagt oder ihn gescholten hätte. Mehr als die Mutter war alsdann die Pflegetochter im stande, beide zu besänftigen und schlimmerem Streite vorzubeugen; sie trat jedesmal wie ein guter Engel dazwischen und stellte fast immer Friede und selbst Heiterkeit wieder her.

Je länger der Kapitän in der Familie lebte, je mehr nahm seine Zärtlichkeit für das schöne Mädchen zu, und da er sich immer nur in ihren großen, glänzenden Augen spiegelte, so vergaß er auch mit jedem Tage mehr, daß er alt sei und nicht zu den schönen Männern gehöre. Die Einsamkeit hob alles Messen und Vergleichen mit andern Menschen auf, und ohne sich ganz deutlich von seinen Empfindungen Rechenschaft zu geben, gewann er ein gewisses und festes Vertrauen zu sich selbst, das noch mehr dadurch gestärkt wurde, daß Elisabeth ihn ganz wie einen älteren Freund liebevoll und rückhaltlos behandelte.

Die beiden Eltern waren auf einem kurzen Besuch in der Nachbarschaft und der Jüngling eifrig bei seiner Arbeit, als an einem trüben Nachmittage Thomas und Elisabeth allein im Zimmer saßen. »Kindchen«, fing der Seemann an, »es steigt bis zum Wunder, wiesehr du deiner seligen lieben Mutter mit jeder Stunde ähnlicher wirst. Aber sprich heraus, du feiner Schatz, und sei auch ebenso aufrichtig, rein und herzlich wie der herrliche, selige Engel, der keine Winkelzüge kannte, bei dem der klare Aufblick des Auges und sonnenhelle Wahrheit ein und dasselbe war. Ach, mein Herz! das waren traurige Stunden, als ich dazumal deine Mutter, Margarete, aufgeben und verlassen mußte, um   um «

Der starke Mann konnte vor heftigem Weinen nicht weiter sprechen, auch mochte er nicht, sondern sagte bloß, als ihn Elisabeth tröstend umfaßte: »Nein, ich will deinen Vater nicht schelten, aber er hat nicht gut gegen mich, auch nicht gegen deine Mutter gehandelt. Mag's vorüber sein, und auf ewig, wenn es möglich ist, daß so große, tiefgehende Schmerzen vorüber und dahin sein können: trag' ich sie doch noch immer in meinem barschen Herzen mit mir herum.«

Er setzte sich ganz vertraulich neben die Geliebte und fragte mit kindlichem Ton: »Soll ich dir erzählen? Willst du mich nicht auslachen?«

»Mir sind die Thränen näher«, antwortete Elisabeth.

»Ich glaube dir, Kind«, antwortete der Seemann, »denn du hast ja deine herrliche Mutter kaum gekannt,   ach! und was ist das für ein Verlust für deine ganze Lebenszeit, den dir dort das ewige Glück und ihre Liebe jenseit vielleicht nicht einmal ganz ersetzen kann. Wenn ich erzählt habe, willst du mir dann auch ganz aufrichtig antworten, damit wir heut' noch zum Schluß kommen?«

»Gewiß«, sagte das Mädchen, »ich will mein ganzes Herz Ihnen darlegen.«

»Und ich dir das meinige!« rief Thomas. »Sieh, Elschen, es werden jetzt mehr als zwanzig Jahre sein, daß ich deine Mutter kennen lernte. Ich war ein armer Kerl, der gar nichts hatte; ich hatte wohl so studiert, wie es manche thun, aber ich taugte nicht viel, hatte einen schlechten Ruf und wollte Soldat werden und als Offizier nach Ostindien gehn. Menschen, Welt und Gott waren mir alle gleichgültig, mein Zeitvertreib war mir alles. Ich wußte nicht sonderlich, daß es Gefühle gab, und alles, was ich davon in Büchern gelesen hatte, kam mir mehr wie Geschwätz, als Ernst und Wirklichkeit vor. So in der Dummheit war ich schon über dreißig Jahr alt geworden, und das Wesen eines Taugenichts kam mir fast als mein Beruf vor. Da sah ich auf einer Kirmes deine Mutter tanzen. Sie war die Tochter eines sehr reichen Handelsherrn, und die Eltern, ernste, biedre Leute, waren auch zugegen. Wie ich die Margarete ansichtig wurde, kam es mir mit einem Male vor, als sei ein Stück vom Himmel auf die Erde gefallen. Was die Leute so in Versen hatten singen wollen, war nun körperlich und greiflich vor mir, und besser. Wie manche, sagen, Kristall sei versteintes lautres Wasser, andre noch schöner, der Diamant ein fest eingewohnter Lichtglanz, so war alles, was Sehnsucht, Zartheit, Poesie, Glaube, himmlische Reinheit, Wunder und die zartesten Geisterträume, die süßesten Entzückungen himmlischen Wohlseins meinen und suchen, hier verkörpert, ja mehr als das, denn es leuchtete lebendig aus den Augen, lächelte vom roten Munde und blitzte hinter den Lippen von glänzenden Zähnchen, schmiegte sich lieblich im runden Arm und tönte in einer Sprache, als wenn die Engel selbst mit zugehaltenem Munde andächtig herunterlauschen müßten. O ich alter Narr, daß meine ungelenke Zunge sagen will, wozu Catull und Tibull[26] zu roh und albern gewesen wären! O Seelenkind, wie fiel es mir da aufs Herz, daß ich ein so gar schlechter Mensch sei; ›die ist‹, sagte ich zu mir, ›für alle zu hoch, alle sind ihr zu geringe, und du selbst bist der niedrigste und unwürdigste von allen. Wen dieser Mund in Liebe küssend berührt, der hat den Himmel gekostet.‹ Es ist keinem geschehen, und aller dieser irdische Abglanz ist längst im frühen Grabe verwest.

»Der Bräutigam des schönen Mädchens war auch zugegen. Ein ältlicher, blasser Mann; er mochte in meinem jetzigen Alter sein. Ein Handelsherr, der wenige Freunde hatte, aber unermeßlich reich war, weshalb auch deine Mutter von aller Welt beneidet wurde. Lieber Himmel! was hat sie davon genossen? Aber so denken und fühlen die Menschen einmal. Daß ich durch diesen einzigen Anblick

---

[26] Valerius Catullus(87 54 v. Chr.), bedeutender römischer Lyriker, durch Innigkeit und Leidenschaft ausgezeichnet. Albius Tibullus (gest. 18 v. Chr.), römischer Elegiker von zarter Empfindung.

auf dem Bauernfeste sogleich ein guter Mensch wurde, wenigstens
so gut, als ich mich bis jetzt bewahrt habe, ist gar kein Verdienst an
mir, denn mein ganzes Dasein erschien mir so widerwärtig und als
eine so schlechte Fratze, daß ich nichts aufzuopfern, nichts zu
überwinden hatte, um anders zu werden.

»Welche Pläne, Träume, Hoffnungen nun! Du glaubst nicht, Elschen, was der Mensch immerdar ein Kind ist und bleibt. Ach, wäre
keine Hoffnung im Leben, wer könnte sich zufrieden geben? Ich
lernte die Margarete kennen, sie schien mich gern zu sehn und
selbst zu achten. Durch ihre Eltern wurde ich einem Schiffskapitän
empfohlen; ach! ein lieber, guter Mann, der sich meiner väterlich
annahm und mir erst den rechten Mut gab, ein guter Mensch zu
werden: denn ohne Autorität, und wenn uns nicht respektable
Menschen ihr Vertrauen bezeigen, steht es doch um den Taugenichts mißlich, daß er nicht in sein altes Wesen verfällt. Wer keine
Ehre zu verlieren hat, dem muß man eben seines trostlosen Zustandes wegen manches übersehn und vergeben.

»Das war ein entsetzlicher Tag, als der Vater Margaretens sich
bankrott erklären mußte. Der Bräutigam, den man sonst nicht loben
wollte, zeigte sich hierin brav und trat nicht zurück. Er deckte im
Gegenteil mit seinem ganzen Vermögen und rettete die Ehre seines
wackern Schwiegervaters, den das unverdiente Unglück auf das
Krankenlager warf, das sein Todesbett wurde. Alles, was ich ge-
dacht, was Margarete vielleicht im stillen gewünscht hatte, verging
wie Seifenblasen.

»Die Hochzeit war angesetzt: ich mußte zur See. Einen Abschied
gestattete mir Margarete; sie weinte um mich, sich und die Eltern
und erklärte mir, wie sie alles, was sie thue, ihrem verschiedenen
Vater schuldig sei. Da ward mir jener erste und letzte Kuß. Nicht
der Liebe, wie ich mir gewünscht hatte, aber, wenn auch nicht der
heiligen Tugend, doch der Zärtlichkeit. Jenen Himmelskuß hat sie
keinem gegeben; die Lippen sind ihr auch bald am gebrochenen
Herzen und deiner Geburt verwelkt. Einige Jahre nachher starb der
Mann, und du kamst dann in dieses liebe Haus.

»Ich war in See. Mein Kapitän starb in meinen Armen und ver-
machte mir, da er keine Erben hatte, sein Vermögen. Was ich unter-
nahm, geriet. Ich konnte mich nach wenigen Jahren einen reichen

Mann nennen. Als ich zurückkam, lag alles im Grabe und du lächeltest im fremden Hause wie ein Kleinod, das man beim Umziehn vergessen hat. Ach, Elschen, der Mensch kann viel überstehn. Als ich von deiner Mutter Abschied nahm, dachte ich, ich müßte sterben, am liebsten hätte ich mich ins Meer gestürzt. Die Menschen sagen immer: ›das Herz‹, wenn sie viel ausdrücken wollen. O ja, es leidet auch dabei. Es gibt aber Schmerzen, die wahrlich darauf ausgehn, die Seele selbst auseinander zu reißen. Da schrillt dann eine körperliche Empfindung durch das, was wir geistige Kräfte nennen, so zertrümmernd, daß uns der Schwindel des Wahnsinns Rettung und süßes Labsal dünken möchte. Ein Gefühl taumelt ins andre, ein Gedanke in den andern, ein Abgrund stürzt in einen noch tiefern Abgrund, und der Gedanke Gott wird zum Hohngelächter in uns. Vergib, Herz, daß ich dich mit diesem Aberwitz ängstige. Du bist so gut und weich, du verstehst mich vielleicht gar nicht.

»Als ich meinen lieben van der Winden wiedersah, ging mir das Herz von neuem auf. Schon damals kamen wir auf den vielleicht verkehrten Gedanken, daß du mir zu deiner Mutter heranwachsen solltest. Nun bist du so geworden, wie sie, nur heiterer, scherzhafter, denn dein Schicksal ist freundlicher, und kein haschender wilder Engelsknabe hat dir, kostbarem Schmetterling, beim Zufahren den Staub von den Flügeln abgewischt. Die Seelen, denen das begegnet, bekommen nie ihre erste Frische wieder. Sieh, nun haben wir alten Narren unsern Traum so fortgesponnen und dich in unserm Netz eingefangen. Aber du, liebste Seele, sollst durch mein Haschen nicht gekränkt werden. Die Märchen brauchen ja nicht in Erfüllung zu gehn und bleiben doch schön. Es ist auch vielleicht ganz der Kindergedanke eines alten Menschen in mir, daß ich mir meinen Jugendtraum so will zum Weihnachtsgeschenk bescheren lassen. Mein Glück wäre ja doch wohl nur Wahnsinn, im Fall du nicht ebenso glücklich sein könntest als ich selbst. Nun aber sprich auch, Elsbethchen, und ganz aus vollem, freien Herzen, so wie ich.«

»Mein lieber«, sagte Elsbeth. » soll ich Sie Kapitän, Thomas, Heizens- oder väterlicher Freund nennen? Sie verdienen mein ganzes Vertrauen, meine ganze Liebe ohne Rückhalt. Glauben Sie mir, lieber, herrlicher Mann, es macht mich wahrhaft glücklich, wenn Sie bei uns bleiben, mit uns wohnen, Ihre Seegeschäfte aufgeben und ich Sie täglich und stündlich sehn und hören kann; denn wo fände ich ein solches Herz, eine solche Liebe wieder? Und durch die edle Herzensliebe, mit der Sie meiner Mutter zugethan waren, sind Sie mir wie ein zweiter, ein geistiger Vater, vielleicht inniger mit meiner Seele verwandt und verbunden, als jener unglückliche Mann, den ich wenig gekannt habe; denn warum soll der in Liebe aufblühende Geist nicht auch aus der Ferne auf ein Gemüt innigst einwirken können? So weit, Freund, Vater, Teurer, liebe ich Sie. Aber warum soll ich Ihre Gattin sein? Was zwingt uns zu diesem Verhältnis, das uns beide nicht glücklich machen würde? Muß denn, was die Menschen Liebe nennen, immer diese Gestalt annehmen?«

»Basta!« rief der Kapitän, »das ist also vorüber und abgemacht, und Dank dir, Herzenskind, daß du mit der Sprache so rein herausgegangen bist. Aber willst du denn gar nicht heiraten? Oder, sprich ebenso aufrichtig, hat dein Herz schon gewählt? O du Engelsbild, ich müßte mir die Seele ausquälen, wenn du einmal an irgend einen solchen Windhund verloren gingest, wie dieser Sommer ist.«

»Liebstes Väterchen«, erwiderte das junge Mädchen, ihm vertraulich die braunen Wangen streichelnd, »ich habe keinen, gewiß keinen Liebhaber, und ich heirate entweder gar nicht, oder nur den, zu welchem Sie mir, vielgeliebter Freund, Ihren Segen mit Einstimmung Ihrer ganzen Seele und Vernunft geben können. Aber um mich so recht zu beobachten, müssen Sie bei uns bleiben und die wüste, wilde See endlich ganz fahren lassen.«

»Willst du mich denn auch pflegen?« fragte der Alte ganz weichherzig; »mit meinen Launen Geduld haben? Mir nach meinem Tode die Augen zudrücken?«

»Und Sie füttern«, sagte Elisabeth, »und erheitern und Ihnen Vorsingen, Vorspielen und aus Büchern lesen, für Sie kochen, alter, herrlicher Mann, und mir von Ihnen erzählen lassen.«

»Und den Sommer nicht mehr mit Augen ansehn?« fragte Thomas.

»Nennen Sie den Laffen nicht«, antwortete sie, »können Sie von mir so geringe denken, daß dieser mir nur irgend etwas sein könnte? Da wäre mir so ein alter Held und Ostindienfahrer doch ein ganz anderer Liebhaber, wenn es denn doch Liebhaber sein müßte.«

»Schalk!« sagte der Alte, indem er sie umfaßte und einen herzhaften Kuß auf ihre Lippen drückte; »wir sind also richtig, ich bleibe bei euch, und ihr füttert mich zu Tode. Ach Gott!« setzte er hinzu, indem er sich plötzlich mit einem Seufzer besann, »den armen Fritz-Wilhelm haben wir ja darüber ganz vergessen. Mädchen, der muß mit in unserm Bunde sein, sonst wird die ganze Punktation[27] umgestoßen.«

»Versteht sich«, erwiderte sie, indem ihr Gesicht ernster wurde; »könnte ich so lieblos sein, nicht an ihn zu denken?«

Sie gingen Arm in Arm nach dem Garten hinunter, und so wie sie Wilhelm kommen sah, ließ er von seiner Arbeit ab und begleitete sie, sein Zimmerbeil in der Hand tragend. Sie spazierten in den Baumgängen hin und her, und der Kapitän war so gesprächig und fröhlich, wie er sich bis jetzt noch niemals gezeigt hatte. Sie verließen den Garten, und als sie im Felde eine Strecke gegangen waren, zeigte sich der rothaarige Barnabas, der ihnen langsam entgegenschritt. Elisabeth wurde unruhig, und Fritz fuhr zusammen, seine Bewegungen waren hastig und krampfhaft. Sowie Barnabas die Gesellschaft bemerkte, ward sein Schritt schneller, und indem er leichtsinnig vorüberhüpfte, nahm er gleichgültig den Hut ab, grüßte ohne Höflichkeit und sagte, als er vorüber war, ziemlich laut: »Da führen sie den Dummen spazieren!«

Kaum war dies Wort den Lippen entflohen, als Fritz-Wilhelm einen fürchterlichen Schrei ausstieß und mit einem gewaltigen Sprunge sich umwendend dem Barnabas nachrannte. Elisabeth wurde bleich, und Barnabas, der die Wut seines Gegners sah, beschwingte seine Schritte. Thomas stand vor Verwunderung still, indessen das halb ohnmächtige Mädchen dem Jünglinge nachzueilen strebte. Die Angst gab dem Barnabas unglaubliche Kräfte, seine Schnelligkeit schien übermenschlich, aber der längere Fritz kam ihm schon näher und näher, als der Fliehende plötzlich einen Graben vor sich sah, der so breit war, daß es unmöglich schien, hinüberzuspringen. Da der Geängstete aber fast schon den heißen Atem seines Feindes in seinem Nacken fühlte, so setzte er, ohne zu denken, wohl ohne Bewußtsein über den breiten Raum und verlor sich unmittel-

---

[27] schriftliche, rechtskräftig bindende Urkunde, in der die wichtigsten Punkte eines abzuschließenden Vertrags enthalten sind.

bar im Walde. Wilhelm, nachrennend, starrte zurück, blieb keuchend stehn und schleuderte, mit den Zähnen knirschend, sein Beil dem Entflohenen nach, daß es diesem am Haupte dicht vorbei tief in einen Lindenbaum hineinschlug und sich krachend bis in das Mark einbohrte. Dann rang er die Hände, seufzte schwer, blickte um nach Elisabeth, und ein Thränenstrom stürzte aus den glühenden Augen.

Als Elisabeth näher kam, erkannte sie ihren unglücklichen Jugendfreund kaum wieder. »Komm zu dir, lieber Fritz!« rief sie keuchend und außer Atem. Er warf den Kopf auf ihre Hände und schluchzte: »Du mich nicht leiden hassen ich verachtet und so arm.«

»Nein, mein Liebster«, sagte sie, »aber sammle dich wieder, lerne deine ungeheure Heftigkeit mäßigen, du hättest ja den Elenden ermorden können.«

»Gut, schön, wenn gethan!« rief Wilhelm mit erneuter Wut, » soll nicht leben muß tot gemacht werden!«

»Vergib ihm, Liebster, sei sanft, sei menschlich und verzeih deinem Feinde«, liebkoste das freundliche Mädchen.

»Allen ja!« rief Wilhelm mit entsetzlicher Stimme; »dem da nicht, totmachen ihn ist Verdienst! herrlich! Ist Bestie!«

»Er kränkt dich«, sagte sie, »wo er dich sieht, aber du bist besser, laß ihn.«

»Alles dir, alles Liebe dir «, stammelte der Unglückliche, »das nicht! Wenn sehn ihn, kriegen ihn, totmachen wie Raupe!«

Jetzt kam der schwerfällige Thomas herzu! »Bist rasend, Fritz-Wilhelm?« schrie er ihn mit donnernder Stimme an.

Wilhelm, der so groß vor ihm stand, wurde plötzlich, indem ihn das scharfe Auge des Seemanns zu durchbohren schien, wie klein und ohnmächtig, er stürzte vor dem alten Freunde auf die Knie, nahm dessen beide Hände, küßte sie demütig und badete sie mit seinen Thränen. »Bin Vieh, bin kein Mensch«, sagte er schluchzend; »vergeben!«

»Ja vergeben!« rief ihm der Alte, in seinen Ton eingehend, zu; »aber nicht wieder thun! Besser werden!«

»Alles, alles«, sagte Fritz, indem er aufstand, »besser werden, abbitten   aber den totschlagen!«

Auf dem Rückwege sprach er kein Wort wieder.

Der Wagen war angespannt, um den Kapitän in die Stadt zu führen, der dort alle seine Angelegenheiten in Ordnung bringen wollte, um alsdann in Ruhe der Familie seines geliebten Freundes leben zu können. Die beiden Alten standen auf dem glänzenden Vorsaal und hielten sich eng umschlossen, und Thomas sagte: »Siehst du, Jahn, wir weinen nun beide vor Freude wie die dummen Jungen. Nicht wahr, Seelen-Jahn, du bist niemals böse gewesen, wenn ich dich so oder Jude oder dicker Tölpel geheißen habe? Du weißt, ich habe nie die gezierten Redensarten, auch niemals die Weichherzigkeit ausstehn können; wenn ein Mensch so wie gedruckt spricht, so wird mir's ganz übel im Leibe, und da fällt so ein Seekalb, wie ich, leicht ins Grobe und Täppische. Das Grobsein liegt mir dann oft wie ein Harnisch um mein närrisches Herz, wenn das läppische Wesen gerade in der besten Erhabenheit und Wehmut zappelt. Ach! Jahn! Jahn! wir wollen selige Jahre durchleben, wenn du mir nur nicht den Streich spielst und dich nach der Ewigkeit hinüber aus dem Staube machst.«

»Auch du, liebe, treue Seele, mußt ja bei uns bleiben«, antwortete Jahn und gab ihm noch einen herzlichen Kuß; »ich bin in deiner Freundschaft so glücklich, wenn nur der Fritz   doch fahre die Sorge hin; es ist nicht zu ändern. Aber, daß du die Heirat nicht mehr wünschest, zu der ich nun seit zwölf Jahren alle meine Gedanken zurechtgelegt und alle meine Wünsche da hineingeflochten habe,   «

»Laß gut sein«, rief Thomas; »wollen wir nicht dumm sein, wenn das goldene Mädchen so klug ist. Ich liebe sie wie meine Tochter; heiratet sie noch einen braven Jungen, so bekommen ihre Kinder alles, was ich habe   Ach Gott! ach Gott! wie ist das zum Erbarmen!«

»Was gibt's?« fragte der Hausherr besorgt.

»Ach«, heulte der Seemann weiter, »daß dein Fritz   daß   ei, was hätte das vergnügte Tage gegeben! Doch Gott muß das auch besser verstehn, als wir naseweisen Laffen, die wir so oft wie Hanswurst in alle Töpfe gucken wollen und darüber am Ende gar in den Wurstkessel fallen, wie ich einmal in Sizilien habe spielen sehn.«

Die Frau und Tochter kamen heraus, beide küßte der Kapitän recht herzlich, und dann fuhr er fort, ohne sich wieder umzusehn, nach Amsterdam.

Als der Vater die breite Treppe hinabgestiegen war, um dem Wagen noch nachzuschauen, kam Fritz ermüdet herauf und begab sich mit den beiden Frauen in das Zimmer, um auszuruhen. »Du wirst immer fleißiger«, sagte Elisabeth freundlich zu ihm. »Muß wohl«, antwortete er, »kommt immer näher.« »Was?« »Das, das, das, was kommt.«

Er ging langsam und auf den Zehen auf Elisabeth zu, indem er ihr starr auf das Gesicht blickte. »Blut! Blut!« sagte er stürmisch. Elisabeth trat vor den Spiegel, wischte mit einem Tuch die Tropfen ab und entdeckte am Kinn die Ritze, worauf sie mit Lachen sagte: »Ja, Freund, als ich vorher durch den Garten kam, lag deine Mus schon wieder auf dem Anstand unter einem Baume, schmal wie eine Schlange und nach den Vögeln oben hinaufschauend; der schwarze Mustapha kam schon um die Ecke und wollte sie packen und zausen, worauf ihn der Vater abgerichtet hat, wenn sie sich im Garten betreffen läßt; da nahm ich Mus schnell auf den Arm, damit ihr nichts geschehen sollte, sie erschrak aber, hielt mich vielleicht für den Mustapha und hat mich ein bißchen mit der Patte und den feinen Nägeln gekratzt.«

Fritz besah die Schramme noch einmal genau, dann schüttelte er sehr bedenklich mit dem Kopfe und sagte langsam: »Mus Mus? Hab' sie so lieb und gerade dich! Nägel beschneiden.«

Er ging fort, und die Mutter und Tochter stellten sich an das Fenster. Unten im Flur auf der Treppe saß die glänzende weiße Katze; Fritz nahm sie auf, hielt sie dicht ans Gesicht und sagte: »Du auch? kratzen? böse sein? und die Else! Wenn noch Mustapha, oder Vater« Er nahm eine kleine Schere, drückte die eine Pfote der Katze gelinde, um die Klaue herauszupressen. Die Katze sträubte sich bescheiden und, als ob sie seine Absicht verstände, maute in einem kläglichen, gedehnten Tone. »Ja, nun bitten«, sagte Fritz; » versprechen, besser sein? ja?« Die Katze schien zu antworten; er küßte sie auf die Stirn, streichelte sie zärtlich und setzte sie dann langsam und vorsichtig auf den Boden; sie schmeichelte und drückte sich an seine Beine, indem sie freundlich spann und wedelte. Fritz sah ihr eine Weile zu, dann faltete er wie in Andacht die Hände, sah nach dem Himmel und wieder seufzend auf die Erde, indem er vor sich hinsagte: »Katz' ist Katz', weiß Fell, versteht mich, mir gut; Else nicht mehr: ich auch kratzen, mit Beil. Ach Gott! Vater böse, Mutter weinen, Else nicht leiden mich nur Mus und Gott übrig.« Hierauf ging er wieder nach dem Garten, um selbst in der Dämmerung noch zu arbeiten.

Die Mutter hatte den Sohn nicht so genau beobachtet, aber Elisabeth war tief erschüttert. »Wird es dich nie gereuen, mein Kind«, fing Susanne an, »unsern Freund abgewiesen zu haben? Und wenn ich, der Vater und der Kapitän einmal tot sind, was wird alsdann dein Leben sein, wenn du gar nicht heiratest, wie du neulich so bestimmt erklärt hast?«

»Liebste Mutter«, sagte das Mädchen in der höchsten Bewegung, »haben Sie Ihren Sohn, Ihren leiblichen, Ihren einzigen und unglücklichen Sohn vorher gesehn und beobachtet? Ihm ist die Welt ausgestorben, er wird keinen Freund finden, keine Zärtlichkeit, kein Wesen, das ihm seine Zeit und Bestimmung, ach, nicht einmal sein Vergnügen opfert. Sind Sie einmal gestorben, so fiele er in die Hände eigennütziger Verwandten, deren Charakter, deren Absichten ich Ihnen nicht zu schildern brauche. Er müßte vielleicht neben andern Unglücklichen in einer öffentlichen Anstalt verschmachten, wo sein Herz wohl ganz verwilderte; und wer bedarf der Liebe, der Fürsorge mehr, als er? Mutter, wenn ich, wie es doch der Lauf der Natur ist, Sie überlebe und lange überlebe, werden Sie es mir nicht, wenn Sie von oben herabschauen können, danken, wenn ich Ihrem Kinde bis in mein hohes Alter hinauf Mutter, Verpflegerin, Versorgerin bin?«

»Kind! Mädchen! o Gott!« rief die Mutter auf das tiefste erschüttert, »das könntest du? diese hohe Liebe wäre dir in deine menschlichen Gedanken gekommen?«

»Ja, Mutter«, sagte Else, jetzt nicht mehr weinend; »das war mein fester Vorsatz, seit ich zur Besinnung gekommen bin, seit ich denken kann. Und wenn ich heiratete, auch den besten Mann, auch den Thomas, den herzlichsten Freund von Ihnen und unserm Vater, so könnte ich doch nicht mit der Sicherheit versprechen, nur für die Wohlfahrt, für das noch mögliche Glück unsers Fritz einzig zu leben. Sie sehn, wie kein andres Wesen so vielen Einfluß auf seine Laune, auf seine Heiterkeit hat, als ich; Sie kennen aber auch seine Heftigkeit; wenn ich ihn so bewache, ihn so tröste und beruhige, wie ich es mir zur Pflicht festgesetzt habe, so kann ich wohl verhüten, daß der Ärmste nicht gar ein Mörder wird, ein Elender, den die rohe, scheltende Welt dann einen Bösewicht nennen würde.«

»Elschen!« sagte die Mutter, »du bist mir immer wie ein künftiger Engel erschienen, und jetzt ist mir, als hätt' ich dich dazu einkleiden sehn.   Aber weißt du auch gewiß, mein süßes Kind, daß du den Armen nicht mit einer wahren Leidenschaft liebst? Und daß du bei dem Jammer dann nicht wirst zu Grunde gehn?«

»Liebste Freundin«, antwortete Elsbeth mit aufgehobenem Blick, »sein Sie ganz ruhig, ich liebe ihn, gewiß, aber ebenso gewiß nicht mit jener Liebe, die die Menschen gewöhnlich meinen, wenn sie das heilige Wort nennen, denn diese Empfindung wäre hier Frevel und Sünde, und mein Herz müßte zerbrechen. Soll es denn nur diese eine Liebe geben? Ist unser menschliches Herz denn wirklich so arm? Ich will auf meinem Wege meine Wallfahrt zu dem heiligen Grabe beginnen, wo doch auch nur Steine für die glaubende Liebe angetroffen werden, und Sie und der Vater, auch unser Freund Thomas werden mich mit der Zeit verstehn; vielleicht unser Fritz tief, tief in seinem Innersten, ohne daß er es selber weiß. ›Ich liebe dich‹, sagen in unsrer dumpfen Rätselsprache Millionen zu Millionen, und wenn die Blume sich zur Sonne neigt, das Auge des Tieres für die Gabe dankt, Kinder spielen und lachen und der arme Bettler über den unerwarteten Silbergroschen entzückt ist, da sehn sie die Liebe nicht. Ach! der Kranke, der linde gepflegt wird, der Weinende, der milden Trost empfängt, die darbende Mutter, deren Kinder genährt werden, sie verstehn das Wort Liebe oft, sehr oft meist besser, als jene mit roten Wangen, die es in der Leidenschaft aussprechen, es vergessen und nachher verspotten.«

*

So war der Sommer und auch der Herbst in gleichförmiger Beschäftigung vergangen. Thomas war noch in Amsterdam, wo er mit der Kompanie abrechnete, seine Waren verkaufte, über sein Schiff verfügte und für Bootsmann und Matrosen sorgte. Je kürzer die Tage wurden, je fleißiger wurde Wilhelm, so daß er jetzt auch in den Nächten bei Mondschein oder einigen Laternen arbeitete. Sein Schiff schien ganz fertig, indessen fand er noch vielerlei zu beschaffen und war so thätig, bald hier, bald dort, auch im Hause und Garten, daß er kaum die Zeit finden konnte, zu Tisch zu kommen.

Der Tag kam näher, von dem die Mutter wußte, daß der Vater an diesem vorzüglich trübe und verdrüßlich war, nämlich der fünfzehnte November, der Geburtstag seines unglücklichen Sohnes. Dieser Tag ward im Hause niemals gefeiert, ja die Mutter erwähnte seiner nie, um die bittre Laune des Vaters nicht noch mehr zu reizen. Sie selbst aber und auch Elisabeth schwiegen gegeneinander, weil sie nicht wußten, auf welche Weise sie die Geburtsstunde des Unglücklichen, so daß es ihm festlich und erfreulich sei, begehn könnten. Der Vater betrachtete aber den Sohn aufmerksamer, als er wohl sonst zu thun pflegte, denn es war auffallend, wie er blasser und viel magerer wurde, auch bekam sein Auge einen andern Ausdruck, so daß man wohl einen Ansatz zur Auszehrung befürchten oder vermuten durfte. Die Mutter hatte diese Veränderung auch beobachtet, und sie war selbst ängstlicher darüber als der Vater, doch war es schwer, mit dem Sohne zu sprechen, der gefragt keine oder nur unverständliche Antworten gab. Man beschloß, den Arzt, den Freund des Hauses, zu rufen. War der Sohn ernster und nachdenkender, als er sonst jemals sich zeigte, so war er dafür auch rascher und behender, und seine gewandte Thätigkeit, seine bewegliche Unruhe, sein Hin- und Herlaufen, Tragen, Suchen, vom obersten Boden bis in den Keller hinab, gab ihm öfters das Ansehn eines Gesunden, insofern der melancholische und stumpfe Ausdruck, der sein schönes Gesicht entstellte, jetzt fast ganz verschwunden schien.

»Morgen!« seufzte Elisabeth und sah die Mutter bedeutend an; »welcher Tag der Freude müßte dieser uns allen sein, wenn uns der Himmel diesen Segen gegönnt hätte.«

»Ich gestehe dir«, erwiderte die Mutter, »ich bin mehr bekümmert, als ich nur je gewesen bin, denn manchmal ist es, als wenn alle Fugen des Lebens in mir nachlassen wollten. Ich werde meinem Manne vorschlagen, daß wir wieder nach der Stadt ziehn. Das Geräusch der Gasse, der Besuch der Nachbarn, die Kanäle vor uns, die Häuser gegenüber sind doch tröstlicher als diese stille Einsamkeit hier, in der finstern, kalten Novemberluft.«

»Aber sehn Sie«, rief Elisabeth, »die Luft ist auch wirklich heut' von so sonderbarer Beschaffenheit, der Himmel so gefärbt, wie ich kaum noch gesehn habe. Die Wolken treiben schwer und niedrig, und ein bleichgelber Schimmer leuchtet seltsam hernieder. Die Sonne kann nicht durchdringen, und doch ist ein wunderliches Licht auf den Bäumen und dort auf den weit hinabfließenden Kanälen, die man jetzt deutlicher steht, weil die Bäume ihre Blätter verloren haben.«

»Es pfeift in der Luft«, erwiderte Susanne, »als wenn sich ein Orkan meldete. Mich dünkt sogar, ich hätte einen fernen Donner vernommen.«

»Was sagt ihr zu diesem sonderbaren Wetter?« sprach der Vater, indem er in den Saal trat. »Ich fürchte, ein Sturm wütet auf der See, und wir werden nächstens von großem Schaden hören; ein höchst seltsames, ängstliches Licht streift durch den Himmel, und die Luft ist dabei so schwer und liegt so still, daß das Herz erbangt. Man möchte glauben, so müsse es vor einem Erdbeben sein.«

Als sie in den Garten hinabstiegen, begegnete ihnen der Sohn. Er sah auch den Himmel bedenklich an, und der Vater, der ihn sonst nicht leicht anredete, sagte zu ihm: »Ein kurioses, angsthaftes Wetter.« »Ja«, erwiderte Fritz ganz freundlich, »da sitzt es, Mus.« Er wies auf seine Katze, die sich still in einen Winkel zusammengekauert hatte, sich nicht bewegte, die Augen fest zudrückte und nur zuweilen, kaum bemerklich, aus einer ganz schmalen Ritze verdrüßlich hervorblickte. »Da«, sagte Fritz, indem er hinwies, »so macht der Himmel heut' auch Gesicht, Mus verständig.« »Würdest du uns wohl, liebster Fritz«, fragte Elisabeth mit der größten Freundlichkeit, »morgen nach Amsterdam begleiten? Dein Boot ist ja auch fertig.« »Fertig!« rief Fritz, indem er freudig aufsprang »morgen Nacht ich in Stadt in meinem Bett schlafen ach! Gottlob!« Er lachte, drückte dem Mädchen die Hand und lief springend und jauchzend nach seinem Boot.

Um Mittag wurde es so finster, daß man Licht anzünden mußte. Die Familie beschloß, gleich am folgenden Morgen nach der Stadt zu ziehn, da man jetzt auch überzeugt sein durfte, daß der Kranke sich darein finden würde. Die Dienerschaft wurde schon heut' vorausgeschickt. Als es später wurde, schien sich das Wetter wieder etwas aufzuklären, doch glaubte man zuweilen fernen Donner und Windstöße zu hören. In der Nacht wurde es stiller, und alle gingen beruhigt zu Bett, nur Fritz blieb, wie er seit kurzem sich angewöhnt hatte, wach und im Freien.

Gegen Morgen wurde der Vater munter und unruhig, denn ihm kam es vor, als triebe sich jemand im Hause und in seinen Zimmern umher; er hörte poltern und Fußtritte, warf hastig den Schlafrock über und eilte hinauf. Zu seinem Erstaunen fand er seinen Sohn, der beim Schein einer Laterne herumkramte. »Was gibt's?« fragte er; der Sohn beugte sich eben nieder, um den schweren eisernen Kasten, in welchem sich wichtige Dokumente und eine große Summe in Gold und Silber befand, aufzuheben. »Bist du ganz rasend?« rief der Vater, »laß stehn! und welche Anmaßung, den Kasten zu tragen, den zwei Menschen nicht erheben können.«   »Höchste Zeit!« rief Wilhelm, hob den Kasten und trug ihn, mit Anstrengung zwar, aber doch leicht aus dem Zimmer. »Anziehn! schnell! auch Mutter und Elsbeth!« rief der Jüngling in der Thür, und der Vater hörte, wie er in Absätzen und sich Augenblicke verschnaufend, die ungeheure Last die Treppe hinuntertrug. Der Verwunderte ging in das Schlafzimmer zurück, wo er die Mutter schon angekleidet fand. »Weißt du?« fragte er.   »Was?« erwiderte sie.   »Der Sohn«, antwortete er, »trägt eben den größten Teil meines Vermögens hinunter in den Garten, wie ich glaube, in sein Schiff; er ist heut' mit seinen Riesenkräften wie besessen; was fangen wir an?« Indem kam Fritz schon wieder. »Angekleidet!« schrie er; »und wo ist die Else?« Er stürmte wieder hinweg und die Treppe hinauf, doch Else kam ihm schon in vollem Anzuge aus ihrem Zimmer entgegen. »Mantel um!« rief der eilige Fritz, dessen Gesicht noch von der Ungeheuern Anstrengung glühte. »Was gibt es?« fragte das Mädchen.   »Zu Schiffe gehn!« sprach Fritz, indem er wieder forteilte, um Anstalten zu treffen.

»Himmel!« rief der Hausherr, der ein Fenster geöffnet hatte, »laßt uns eilen, das Wasser tritt in den Garten, ein Damm ist wo gerissen.« Die drei Menschen, der alte Diener, alles lief durcheinander. »Das Wasser kommt zum Schiff!« rief Daniel, »Nehmt um Gotteswillen«, rief der Vater, »was ihr braucht, denn wir wissen nicht, was aus der Sache werden kann.«

Man lief schnell durch alle Zimmer, man steckte Papiere ein, man wickelte Sachen in Bündel, Schlüssel wurden abgezogen, und schon hörte man aus der Ferne ein verworrnes Getöse, ein dumpfes Geschrei, Stimmen durcheinander, die immer bestimmter und deutlicher wurden.

Sie standen unten, und schon war das Wasser eingedrungen, Fritz sprang ihnen entgegen und nahm Else wie ein leichtes Wickelkindchen auf den Arm, rannte durch den Garten, indem ihm das Wasser schon über die Knöchel ging, und setzte sie in seinem Boote ab. Dann kam er zurück und trug ebenso die Mutter in sein Schiff. Der Vater, als er sich diesem nahte, verweigerte diese Hülfe. Mit Daniel stieg der Alte ein, und Fritz schwang sich ihnen behende nach, indem er ein langes, starkes Ruder ergriff. Es währte nicht lange, so hob sich das große Schiff ganz von selbst, Wilhelm lenkte es, und als sie hinschwammen und den Garten verließen, sahn sie das Wasser, weil das Landhaus in einer Niederung lag, schon durch die Thür und die untern Fenster in die Zimmer dringen. Ein lautes Bellen ertönte, und Mustapha, der vergessen war, schwamm ihnen nach, sprang in das Schiff und stäubte, prustend und umherspringend, das Wasser von sich.

Alle waren noch wie betäubt, nur Fritz war ganz munter und besonnen. »Nicht wahr?« fragte er lachend; »Schiff hilft gut?« »Arme Mus! arme Mus!« rief Elisabeth plötzlich; »lieber Fritz, wir haben deine Katze vergessen!« »Nichts vergessen«, antwortete Fritz, »da dein Papagei, da drinnen, und hier« (indem er auf einen Kasten wies) »mein Muschen.« Er öffnete, nahm das Tier auf einen Augenblick heraus, das noch immer nicht munter und lebendig war, streichelte es, legte es wieder in die Kissen des Korbes und begab sich dann von neuem an seine Arbeit.

Jetzt geriet man auf das Feld. Keine Landstraße war mehr zu erkennen. Allenthalben die größte Angst, Laufen, Getümmel, einer rannte an den andern; jeder suchte die Höhen zu gewinnen; von den Häusern, die unten lagen, und deren Bewohner sich nicht mehr hatten retten können, saßen die Bewohner oben auf dem Dach oder sahen mit Bekümmernis und bleichen Angesichtern aus den Bodenfenstern.

Ein Wind erhob sich, kräuselte erst und erregte das Wasser dann heftiger, so daß mit der zunehmenden Strömung, die entgegenrauschte, die Wellen oft über das Boot schlugen. Fritz winkte, daß sich alle unter das Verdeck begeben sollten, und in demselben Augenblick schrie er laut auf, denn in einiger Entfernung watete Barnabas schon bis über die Hüften im Wasser. Fritz steuerte ihm nach, und Elisabeth kam hervor, bat, schlug die Arme um seinen Leib, weil sie von der Wut des Jünglings das Gräßlichste fürchtete, der seinen Todfeind jetzt so nahe vor sich hatte. Fritz wehrte sie gelinde von sich ab und suchte den Elenden, der sich im tiefen Wasser nur langsam entfernen konnte, zu erreichen. Plötzlich wurde es dunkler, und der stürmende Wind setzte um, dem Barnabas wurde sein Hut vom Kopf gerissen und weit hinweg geweht; Elisabeth bat noch immer, aber das Boot schoß, von großer Kraft getrieben, vorwärts, Barnabas war eingeholt, der Jüngling stemmte das gewaltige Ruder, und der Rotkopf war zwischen diesem und einem Weidenbaum, der nur noch mit der obern Hälfte aus dem Wasser ragte, eingefangen. Fritz beugte sich weit aus dem Nachen, faßte den vor Angst und Frost mit den Zähnen Klappernden oben beim Kragen seines Rocks und schwang ihn sich über das Haupt hinweg, so leicht wie einen Vogel, in das Schiff. Jetzt zitterte Else und war überzeugt, daß etwas Abscheuliches geschehn würde. Aber Fritz lachte ihr freundlich ins Gesicht und warf den Durchnäßten in die Kajütte auf Betten und Polster hin, die er in der Nacht schon vorsorglich dahin geschafft hatte. »Trockne dich!« rief er. »Anziehn, was da liegt! Auch Wein trinken! Habe alles dahin gelegt.«

Elisabeth sah ihn groß an, Barnabas machte Miene, dankbar niederzuknieen, und schnitt ein so erbärmliches Gesicht, daß Fritz-Wilhelm laut auflachen mußte. Er steuerte hierauf nach der nicht fernen Hütte und nahm die heulende Mutter des Rothaarigen mit in sein Schiff.

Jetzt sah man schon andre Boote umherschwanken, Bretter kamen entgegengeschwommen, Hausrat, selbst Pferde und Kühe, die die Anhöhen suchten, schreiend erklimmten oder wieder in die Strudel zurücksanken. Auf Flößen kamen Menschen mit ihren Habseligkeiten, alles winselte, schrie und arbeitete, sich in allen Richtungen bewegend.

Vom nahen Pfarrdorfe her, welches höher lag, war alles unterwegs, um die Höhe zu erreichen und dort Schiffe zu erwarten. Man sah den Domine, den sein großer Knecht aufgehuckt hatte und ihn so forttrug. Als der Domine das Fahrzeug gewahr wurde, grüßte er so ehrerbietig, als er in seiner reitenden Stellung konnte, und bat, aufgenommen zu werden, welches ihm auch sogleich mit Freundlichkeit bewilligt wurde. Er stieg vom Knecht auf das Schiff, und dieser nahm auch seinen Platz darauf. »Eine schwere Heimsuchung«, sagte der Domine, »die ich doch, soviel ich weiß, durch nichts verschuldet habe. Nur gut, daß Frau und Kinder schon seit einigen Tagen in der Stadt sind.«

Sowie man über die Kanäle, Landstraßen und Wege fuhr, die man nirgend mehr erkannte, kamen mehr Fahrzeuge, Fähren mit Menschen und Vieh entgegen. Das Geschrei, das Geheul wurde größer, ganze Herden sollten in kleine Kähne getrieben werden, doch viele Kälber und Schweine, Kühe und Pferde ersoffen. Jeder Kahn, der vorüberfuhr, mochte er auch noch so angefüllt sein, wurde angerufen, manche wollten in den überladenen mit Gewalt steigen. Man stieß sie schreiend und schimpfend zurück. Ein andrer Kahn wurde so mit Gewalt erobert und schlug mit allen um. Man konnte nicht abwarten, wieviel gerettet, wieviel ertrunken waren, so hatte die Flut jetzt das Boot ergriffen. Sowie die Not und dringende Gefahr die Menschen aller Zeremonien und äußern Sitte entbinden, so erscheinen sie gräßlich, denn die Selbsterhaltung macht sie wilder und roher als das Tier; um so edler aber und übermenschlicher zeigt sich der Helfende dann, und diese Empfindung des Bewunderns schien jetzt der gemeine Barnabas fast zu heftig zu fühlen; denn er weinte und schluchzte an der Brust seiner alten Mutter, deutete stumm mit Verehrung auf seinen Retter, den er vormals so oft verhöhnt hatte, und gab der Alten tröstend und sie liebkosend von dem starken Wein, den er selbst erst zum Geschenk erhalten hatte.

Noch einige Flehende wurden aufgenommen, so daß das große Boot schon ziemlich angefüllt war. Bald goß der Regen, bald heulte der Sturm, die Strömung rauschte bald mehr, bald weniger, welches ununterbrochene verwirrte Getöse durch Hülferufen der Menschen, Winseln der Kinder, Brüllen des Viehes und die sonderbaren Töne der schreienden Möwen und andrer Wasservögel noch furchtbarer wurde. Zuweilen machten die schnell fahrenden Wolken die ganze Gegend dunkel, dann riß sich plötzlich wieder der Vorhang auf, und man sah im falben Licht weit hinab die Unermeßlichkeit des stürmenden Wassers und die Unzahl der Kähne und Schiffe, die schwimmenden Massen« und Geräte und das tobende, hochaufflutende Meer.

Jetzt gerieten sie in die Brandung, da sie sich dem Meere näherten und die See die heulende, schäumende Flut ihnen rechts und links entgegenjagte. »O meine Amme, meine arme Gertrud!« rief plötzlich Elsbeth. Sie rang die Hände und wies dann nach einem Hügel, wo neben einer alten steinernen Kirche ein Häuschen von Lehm mit seinem Dach von Stroh schon zusammengesunken war. Gertrud, die Großmutter und Elsbeths Amme, hatte sich mit der blühenden Tochter Brigitte und zwei kleinen Enkeln auf die Trümmer hinaufgerettet, indessen das tückische Wasser immer höher stieg und alle binnen kurzem zu verschlingen drohte. Die Großmutter schien sich dem Tode gleichgültig ergeben zu haben, denn ihre Füße waren schon im Wasser, und sie sah nicht mehr um sich, die Mutter saß ein weniges höher und hatte die Händchen ihres jüngsten Kindchens, welches bitterlich weinte, in ihrem Busen verborgen, um sie zu erwärmen; das größere Mädchen, welches sieben Jahr sein mochte, schien die Mutter zu trösten, indem ihr die Thränen über das bleiche Gesichtchen liefen. Ohne daß Elsbeth ein Wort zu sagen brauchte, steuerte Fritz nach dem Platze hin, wo sich das traurige Schauspiel zeigte, er hatte mit Flut und Brandung zu kämpfen, das Boot wogte hoch und tief, und die Fahrenden glaubten mehr wie einmal umzuschlagen. Jetzt war man nahe genug, da sprang Barnabas mutig heraus, faßte beide Kinder und trug sie durch den hoch sprühenden Schaum, führte dann die Alte herbei, die Mutter folgte, und alle waren gerettet. Als sie sicher im Schiff waren, wiesen die Kinder weinend nach ihren beiden Kühen hin, die ihnen nachbrüllten. »Ich gebe euch andre, Kinder«, sagte van der Winden, »seid ruhig, seid ihr doch geborgen.« Und schon war Strohdach und Hütte von den Wogen ganz weggespült, und die Kühe schwammen in der Flut, die Hälse emporreckend. »Sie sterben«, sagte das siebenjährige Mädchen. »Gib dich zufrieden, Kind«, sprach van der Winden, »tröstet euch an diesem fürchterlichen Tage, seid ihr doch bei den Eltern.« Elisabeth war bei allen zuthätig und hülfreich, Wein, Speise, Erquickung, trockne Tücher, alles reichte, gab sie, tröstete, sich selbst vergessend, die vom Meerschaum schon ganz durchnäßt war. »Die Kühe leben!« sagte das kleinste Kind. Und wirklich hatten sie gegenüber mühsam eine Anhöhe erklimmt, die spitz und einsam hoch im Felde lag. Indem man dort vorbeifuhr, rief van der Winden einem Manne zu, der sich auch dorthin geflüchtet hatte: »Könnt ihr mir die Tiere nach Amsterdam schaffen, so bezahle ich sie euch doppelt.« Er nannte Namen und Wohnung.

Begebenheiten, Rettungen, seltsame Anblicke, Wracks, Licht und Finsternis, Sturm und Brandung, alles wechselte so schnell, das Boot schoß mit Eil' dahin, immer neuen Gegenständen vorüber, neue Gegenstände ihnen vorbei, so daß die wunderbar Erhaltenen nicht zur Besinnung kommen konnten. Sie wunderten sich kaum, als sie in einer Entfernung einen Wagen tief im Wasser sahn, in welchem sie den Seekapitän erkannten. Er fuhr so nahe wie möglich, Fritz steuerte hin, und sie nahmen ihn und den Kutscher ein. Pferde und Wagen wurden gleich darauf von den Wogen und dem Sturme fortgeführt, denn es war keine Möglichkeit, lange das Boot stehend zu erhalten. Thomas sah den emsigen, immer unermüdeten Fritz-Wilhelm gar sonderbar an und sagte nur: »Das ist also das Boot? Sollst bedankt sein, wackrer Junge.«

»Neuhaus! Neuhaus!« rief die Mutter. Sie waren jetzt dem Landhause der Freundin gegenüber. Hier war ein Gedränge von Booten und Kähnen, von allen Häusern ringsumher sah man abfahren, anderswo anlanden, und, wie es leicht geschieht, da in Neuhaus nur Frauenzimmer wirtschafteten, so nahm sich in der Not keiner der Freundinnen an. Der es hätte thun sollen, der junge Sommer, sprang eben in einen kleinen Kahn, indem er den beiden Schiffern Goldstücke gab, und fuhr schnell hinweg, so daß man ihn im Wogenschaum und Gedränge der Barken bald nicht mehr erkannte. Fritz und Elisabeth erschienen den verlassenen Frauen wie rettende Engel. Die Mutter, einige Dienerinnen stiegen mühsam und nicht ohne Gefahr ein, und Winny warf sich der Freundin mit einem dankenden Thränenstrom an den Busen. »O dein Werther!« sagte Elsbeth. »Laß den Verächtlichen«, erwiderte Winny, »ich hoffe ihn im Leben nicht wiederzusehn.«

Noch mancher Arme, Hülflose wurde gerettet und aufgenommen, soviel das Boot nur fassen mochte. Die sonderbarsten Wiedererkennungen von Leuten, die sich seit dreißig Jahren nicht gesehn hatten, fielen vor, die seltsamsten Bekanntschaften wurden hier oder auf andern Fahrzeugen gemacht, aber je näher man jetzt der

Stadt kam, je größer wurde, wegen des Andrangs der Menschen, die Gefahr. Seit Thomas auf dem Schiffe war, half der Kundige redlich arbeiten, und so gelangten sie endlich spät, erst nach Sonnenuntergang, in die Stadt. Es war schwer, als man den überschwemmten Teil verlassen hatte, sich in die Kanäle hineinzufinden, noch schwerer, die Gracht[28] zu erreichen, wo van der Windens großes Haus lag, und am überschwersten, vor diesem zu landen.

Es war ganz finster geworden, aber der Sturm hatte nachgelassen. Hände, Kleider, Füße küßten die armen Geretteten dem guten Fritz, dem alten Kaufmann, der Mutter, Elisabeth und dem Kapitän. Barnabas konnte des Dankes kein Ende finden, und man sah und fühlte, daß es sein Ernst war. Der reiche Kaufmann entließ seine Geretteten nicht, ohne für sie zu sorgen, die Familie von Neuhaus sowie die der Amme blieben gleich bei ihm. Der Domine eilte zu Frau und Kindern.

So setzte man sich, nachdem man den ganzen langen Tag in Angst und Not, Frost, Nässe und Drangsal gefastet hatte, mit veränderten Kleidern fröhlich zu einem schmackhaften Abendessen nieder. Elsbeth setzte die Amme und die Kleinen wie deren Mutter neben sich, um sie recht eigen zu verpflegen, und als man in fröhlichen Gesprächen noch einmal dem rüstigen Fritz danken, seinen sonderbaren Einfall, der so wunderbar dem Schicksal in die Hand gearbeitet hatte, wieder loben wollte, vermißte man ihn erst. »So ist der undankbare Mensch«, bemerkte Elsbeth lächelnd, aber doch mit Wehmut; »kaum sind wir im Trocknen, so ist auch unser Wohlthäter, dem wir alles zu danken haben, rein vergessen.« Die Mutter stand auf, um den geliebten Sohn zu rufen, der Vater war sehr gerührt. »Heut' ist sein Geburtstag«, sagte er. Die Mutter kam nach einiger Zeit zurück und sagte, so leise, als wenn der Sohn es hören könne: »Er schläft, in den Kleidern, auf dem Bett in seinem Zimmer.«

»Nun«, sagte der Vater, »der gute Mensch hat die Ruhe wohl verdient, er soll entschuldigt sein; ich glaube, er hat in vollen vierzehn Tagen nicht geschlafen, die fortwährende schwere Arbeit und dann heut' die ungeheure Anstrengung!«

---

[28] Niederländisch: Graben, Kanal.

Man stand vom Tisch auf, alle umarmten sich herzlich, und an diesem Abend vergaß keiner sein Nachtgebet.

Am folgenden Tage war das Wasser in den Landschaften schon etwas gefallen. Man stellte die Deichbrüche eilig wieder her, und der Schaden und das Unglück waren nicht so groß, als man anfangs gefürchtet hatte. Fritz erschien bei Tische nicht und ebensowenig am Abend, weil er, so oft man nach ihm forschte, immer noch im tiefsten, festesten Schlafe lag. Elisabeth wurde unruhig, doch Thomas und der Vater trösteten; die Mutter gedachte an die früheren Worte des Kapitäns und betete stündlich aus vollem Herzen für den Einzigen, und mehr noch in der stillen Nacht, als er immer noch wie ein Toter unbeweglich dalag, den man für gestorben hätte halten können, wenn die frische Farbe, die wechselnd gehobene Brust und der röchelnde Atem nicht den gesunden Schläfer bezeichnet hätten.

Eben war am folgenden Morgen van der Winden nach seinem Kabinett gegangen, als leichenbleich, mit entstellten Zügen und weit aufgerissenen Augen die Mutter zu ihm ins Zimmer stürzte. »Was ist dir?« schrie van der Winden entsetzt, der sonst nicht leicht die Fassung verlor. »Gott! Gott! du bist allmächtig!« röchelte Susanne, und Thränen stürzten erleichternd aus ihren Augen. »Welch Unglück, der Sohn«, schrie der Vater und rang die Hände. »Still! still!« sprach sie, »wir verdienen es nicht. Ich hörte Geräusch in seiner Stube«, sagte sie dann etwas ruhiger, »ich schlich mich hinüber was sah ich? Er lag auf seinen beiden Knieen in der Mitte des Zimmers und betete nein, so etwas habe ich nicht gesehn, nicht für möglich gehalten, wie er die Hände ineinander wand, daß alle Knochen und Gelenke krachten, die Augen weit aufgerissen, große Schweißtropfen der Angst fielen dick und voll, einer schnell nach dem andern, vor seinen Knieen nieder, ebenso viele und große Thränen aus den offnen, ganz unbewegten Augen. Aber die Augen, die Stirn, die Wangen, der ganze Mensch war anders. Jetzt hatte er geendet, er stand auf, und nun sah er mich erst, ob ich gleich die ganze Zeit nahe vor ihm gestanden hatte. Er fiel mir um den Hals und sagte: ›Mutter, dankt auch Gott, dem Allmächtigen, denn ich bin ganz gesund! mir ist in meinem Schlaf die Gnade widerfahren.‹«

»Es ist wohl nicht möglich!« rief der Vater und fiel entsetzt in seinen Stuhl zurück. Aber der Sohn kam völlig geheilt, ruhig, besonnen, aber ganz in Liebe aufgelöst. Wer braucht Elisabeths Glück, die Freude des Kapitäns, die Wonne der Eltern zu schildern? Der alte Arzt fand den Fall wunderbar, aber nicht unbegreiflich und machte durch seine Zusicherung, daß die Genesung nicht zu bezweifeln sei, das Glück aller zu einem dauerhaften.

»Immer«, sagte der Kapitän, »wollen die Menschen Gespenster und Geister sehn und würden es für etwas ganz Besondres halten, wenn ihnen so ausdrücklich ein Abgeschiedener oder Überirdischer erschiene, und uns ist es eigentlich doch nun begegnet, aber wir nennen es nicht so.«

»Mehr!« sagte Elisabeth nachdenklich; »mehr ist uns geschehn! Wie sagte doch der Kranke neulich so schön und tiefsinnig bei Gelegenheit der Schwalben? Wieder Gott!«

»Recht hast du, Kind«, sagte Thomas, »leibhaftig ist er unter uns getreten; und wenn er verheißt, daß wir ihn selbst in jedem Darbenden speisen und kleiden, so dürfen wir auch in diesem Wunder seine unmittelbare Gegenwart demütig erkennen.«

Wie selig war der Kapitän, als er nach einem Jahre sich mit einem Kindchen trug, das seine geliebte Elisabeth seinem Fritz geboren hatte; wie vergnügt waren die Eltern und glücklich im Bewußtsein eines Zustandes, den sie seit so vielen Jahren für unmöglich gehalten hatten.

Über tredition

Eigenes Buch veröffentlichen

tredition wurde 2006 in Hamburg gegründet und hat seither mehrere tausend Buchtitel veröffentlicht. Autoren veröffentlichen in wenigen leichten Schritten gedruckte Bücher, e-Books und audio-Books. tredition hat das Ziel, die beste und fairste Veröffentlichungsmöglichkeit für Autoren zu bieten.

tredition wurde mit der Erkenntnis gegründet, dass nur etwa jedes 200. bei Verlagen eingereichte Manuskript veröffentlicht wird. Dabei hat jedes Buch seinen Markt, also seine Leser. tredition sorgt dafür, dass für jedes Buch die Leserschaft auch erreicht wird.

Im einzigartigen Literatur-Netzwerk von tredition bieten zahlreiche Literatur-Partner (das sind Lektoren, Übersetzer, Hörbuchsprecher und Illustratoren) ihre Dienstleistung an, um Manuskripte zu verbessern oder die Vielfalt zu erhöhen. Autoren vereinbaren direkt mit den Literatur-Partnern die Konditionen ihrer Zusammenarbeit und partizipieren gemeinsam am Erfolg des Buches.

Das gesamte Verlagsprogramm von tredition ist bei allen stationären Buchhandlungen und Online-Buchhändlern wie z. B. Amazon erhältlich. e-Books stehen bei den führenden Online-Portalen (z. B. iBookstore von Apple oder Kindle von Amazon) zum Verkauf.

Einfach leicht ein Buch veröffentlichen: **www.tredition.de**

Eigene Buchreihe oder eigenen Verlag gründen

Seit 2009 bietet tredition sein Verlagskonzept auch als sogenanntes "White-Label" an. Das bedeutet, dass andere Unternehmen, Institutionen und Personen risikofrei und unkompliziert selbst zum Herausgeber von Büchern und Buchreihen unter eigener Marke werden können. tredition übernimmt dabei das komplette Herstellungs- und Distributionsrisiko.

Zahlreiche Zeitschriften-, Zeitungs- und Buchverlage, Universitäten, Forschungseinrichtungen u.v.m. nutzen diese Dienstleistung von tredition, um unter eigener Marke ohne Risiko Bücher zu verlegen.

Alle Informationen im Internet: **www.tredition.de/fuer-verlage**

tredition wurde mit mehreren Innovationspreisen ausgezeichnet, u. a. mit dem Webfuture Award und dem Innovationspreis der Buch Digitale.

tredition ist Mitglied im Börsenverein des Deutschen Buchhandels.

Dieses Werk elektronisch lesen

Dieses Werk ist Teil der Gutenberg-DE Edition DVD. Diese enthält das komplette Archiv des Projekt Gutenberg-DE. Die DVD ist im Internet erhältlich auf **http://gutenbergshop.abc.de**